Elis Barroso

RECEITA CONTROLADA

Contos

RISCO*RABISCO*

Revisão: do próprio autor

Diagramação e **Capa**: Aj Tolissano

Catalogação na Publicação (CIP)

Ficha Catalográfica feita pelo autor

EL43

Barroso, Elis, 1974-

Receita Controlada / Elis Barroso. – São Gonçalo: 2021.

ISBN 9798479237744

1.Conto brasileiro. I. Título.

CDD:869.93

CDU:821.134.3(81)-3

INDICE

UM DIA DE CÃO

12 de Janeiro 2021.

– Acorda amorzinho! Amorzinho. Teltel, meu docinho olha o café que fiz para o meu amor.

Etelvino acorda com Deuzolina lhe beijando o pescoço e enrolando carinhosamente com dois dedos a mata de pelos que cresce em seu peito. Esfrega os olhos e vê na mesinha de cabeceira uma bandeja caprichada com o café da manhã.

– Que isso, mulher?
– Ué! Café da manhã para o meu maridinho.
– Hum! Não estou gostando dessa história. Vai falando.
– Falando o que, Teltel?
– Diz logo o que aconteceu. Eu te conheço, Deusa. Você só me chama de Teltel quando quer

alguma coisa. Hum! Nescau, bolo Bauducco e até Nutella. Aí tem coisa.
– Você é muito desconfiado.
– Há mais de um ano que você vive reclamando que estou barrigudo e só me deixa comer aquela tapioca borrachuda . Anda, diz logo o que aconteceu.
– Não aconteceu nada, será que uma esposa não pode demonstrar amor por seu marido?
– Deuzolina, Deuzolina, desembucha logo! A última vez que você me tratou assim tu tinha emprestado meu táxi para o desprovido de cérebro do seu irmão que acabou com o carro no muro. Diz que não emprestou o táxi novo .
– Não! Claro que não!– Deuzolina dá um risinho nervoso.

Palito, irmão de Deusolina entra no quarto sem bater.

– E aí cunhadinho, tem cem mangos para me emprestar?
– Falando no sujeito, olha ele aí.
– Qual é cunhado, não seja azedo, olha o coração

– Palito senta na cama, pega a Nutella enfia o dedo e põe na boca. – Hum! Maninha, isso aqui é bom pra caramba.
– Larga isso! – Etelvinho tenta pegar. O cunhado se esquiva e continua comendo.
– E aí? Vai emprestar as cem pratas? – Fala com a boca cheia.
– Não! Em todos esses anos que você mora nessa casa nunca pagou um centavo do que me deve, deixei de ser besta.
– Quando receber vou te pagar tudo. Anota aí. Faço Questão de pagar moeda por moeda.
– Quando receber me paga? Deixa de ser loroteiro. Nem emprego você tem. Come e bebe às minhas custas.
– Não tenho por causa da crise. Mas tenho fé que logo estarei empregado e vou pagar cada centavo.
– Poupe-me de ouvir besteiras! Já perdi a conta dos trabalhos que te arranjei. Você não passou de uma semana em nenhum deles. Nenhum!
– Eles não estavam a minha altura.
– Altura? Que altura? Você não tem nem a quinta série. Vai dizer que quer ser chefe?

– Empresta o dinheiro para ele, amor.
– Para que esse folgado quer dinheiro? Diz para mim! Come, bebe às minhas custas desde que nos casamos. Olha aí a roupa que está vestindo. Usa tudo que é meu e já nem pede mais emprestado. Essa camisa aí eu nem usei ainda.
– É bonita, né? Vou sair com a Santinha.
– Santinha? Santinha filha do Capitão Gusmão? Tu bebeste, foi?
– Deixa o menino se divertir, Etelvino.
– Menino? Esse encostado tem quase quarenta e a Santinha não tem nem 18 anos. Capitão Gusmão arranca e faz essa ameba engolir o pinto, aquele lá é brabo pra diabo. O pior é que isso ainda vai sobrar para mim.
– Já vi que hoje meu cunhadinho preferido acordou com as macacas. Vou nessa, beijos para quem fica. – Ao chegar à porta do quarto volta-se – Ah! Já ia esquecendo. Cunhadinho lembre que você tem que pegar a mamãe no aeroporto. – Palito sai e fecha a porta do quarto.

– Pegar sua mãe? Conta isso direito. Que história é essa, Deuzolina? Agora estou entendendo esse café.

– Sabe amor, minha mãezinha vem ficar um tempinho com a gente.

– Ai meu pâncreas! Tempinho quanto?

– E isso importa meu amor? Se não fosse por ela você não teria sua Deusa aqui.

– E nem essa úlcera crônica na boca do estômago.

– Ai Teltelzinho, não seja exagerado, mamãe só é um pouco difícil.

– Pouco difícil é uma semana de prisão de ventre. Sua mãe é como comer pimenta com crise de hemorroida. Diz logo, quanto tempo?

– Dois meses.

– Dois meses? Ai! Vou ter um infarto! Da última vez ela veio para ficar uma semana e ficou quase quatro meses. Agora que vem para ficar dois meses, vai morrer aqui. Isso se eu não bater as botas primeiro.

– Sua sogra não dá tanto trabalho assim, têm piores.

– Piores que o que? Aquele ser deve ter feito estágio no inferno. Nem o Tinhoso merece aquilo como sogra. Perdi o crédito, a cama, a saúde e por milagre, só por um milagre não perdi a vida na última visita.

Deuzolina faz a cara de choro que vinha ensaiando no espelho há semanas.

– Tá bem! Tá bem! Não aguento ver mulher chorando. Que horas dona Chicotinha chega?
– Mamãe chega 17h. Você tem que chegar ao Santos Dummont às16h30, heim! Por favor, não se atrase Etelvino, senão já sabe como ela fica.

Etelvino levanta, se veste e vai saindo.
– E o café?
– Estou sem fome. Melhor trabalhar para esfriar a cabeça.

A raiva é tanta que com toda força chuta o pneu do carro. Urra de dor. Esqueceu-se do seu dedão inflamado e sem unha por causa do macaco que Palito deixou cair em seu pé. Xinga até a milésima geração do cunhado. Entra no carro ainda mancando e imediatamente começa a espirrar. Dá uns dez espirros seguidos. Olha pelo retrovisor e esparramado no banco de trás está

Cacete, um gato angorá cinza, gordo e folgado que dona Chicotinha deu de presente para filha sabendo que ele sofria de uma terrível alergia. Para o carro no acostamento, desce e abre a porta traseira.

– Pra fora Cacete, seu gato dos infernos! – Etelvino grita em meio a espirros e fungadas. Cacete permanece deitado ignorando os xingamentos e as ameaças. Puxa-o pelo rabo. O bichano solta um longo miado e enfia-lhe as unhas no rosto, o sangue escorre. Já em seu limite Etelvino pega o tapete do carro, enrola e com a arma improvisada acerta as contas com o gato que corre para baixo do automóvel.

Uma mulher para o carro. Abaixa o vidro e sai em defesa do bichano.

– Olha aqui seu patife! Maltratar animais é crime. Vou te denunciar.
– Ah! Era só o que me faltava, uma maluca histérica. Vá procurar um homem sua perua, isso só pode ser falta.

– O que você disse para ela? Seu machista de uma figa respeite as mulheres! Gente como você deveria ser abortada, jogada no vaso e dado descarga – Uma magrinha com uma enorme tatuagem de dragão na coxa sai em defesa da mulher largando o automóvel atravessado na pista.

Em pouco tempo o trânsito está parado, o bate boca não tem fim. Todos os ismos entram na discussão: Machismo, feminismo, anarquismo, nacionalismo, egocentrismo, racismo, nazismo, fascismo, escravismo, abolicionismo, cristianismo, comunismo, socialismo, capitalismo, individualismo, consumismo...

Policiais lançam bombas de efeito moral. O comércio fecha as portas por causa dos vândalos que se aproveitam da situação para saquear. Uma repórter da TV Globo entrevista um senhor que culpa o presidente Bolsonaro.
Etelvino aproveita que já não lembram que ele foi o pivô de tudo para evadir-se do local. Entra no carro e sai por cima do canteiro. De longe vê

Cacete feliz aninhado no colo de uma senhora de cara esticada por botox, nem dá para saber se ela ri ou chora.
– Gato miserável dos infernos ! – Etelvino sai cantando pneus.

Avista um ancião magrinho que faz sinal para seu táxi. O senhor mal consegue manter-se de pé, entra com dificuldade.

– Bom dia! – Etelvino tenta esboçar um sorriso que não sai.
– Bom dia? Estou esperando há uma hora. Que dia de cão! – diz o velho.

O sangue de Etelvino lhe sobe à face. Vira-se para trás, pega o ancião pelo colarinho.

– Seu dia é dia de cão, é? O senhor tem uma sogra megera que vai morar na sua casa? Tem? Está com o nome no SPC? Tem um gato que te desgraça a saúde? Tem? E um cunhado encostado que não tem onde cair morto? Não!

Não! Seu dia não é do cão, seu velho gagá.

Etelvino sacode o idoso pelo colarinho como se fosse um pedaço de trapo. Não para até ser imobilizado por policiais militares.

Deitado na cela da 74ª DP- Alcântara, com um sorriso bobo no rosto, respira aliviado. Sem contas a pagar, cunhado sem cérebro atrasando a vida, brigas no trânsito, sem o gato imprestável e nem precisaria mais buscar a sogra. Com uma enorme satisfação fica imaginando a cara azeda da velha largada no aeroporto.

Trouxeram-lhe o café da tarde. Pão, café e leite. Há quanto tempo não comia um pãozinho... Aquilo sim era vida.

A CRIAÇÃO

– Torto, sem graça. Por que logo eu tenho que ser assim?– resmunga sentado no verso de uma folha de caderno.

– J! O que faz aqui sozinho, menino? Vi quando saiu. Não é bom andar por aí sem companhia, aqui é perigoso, sabia?

– Sei Sr. H! – responde quase em um murmúrio.

– O que faz nesta folha em branco?

– Pensando, só pensando. A vida é ingrata Sr. H. Muito ingrata.

– Será que uma consoante velha como eu, pode sentar ao seu lado? – J chega para o canto e de cabeça baixa acaricia a linha da folha.

–Quer me contar o que houve?

– Sou torto, sem graça. Lá na escola meu apelido é Cabo de Guarda-Chuva. Hoje, R, a única amiga que tinha disse que não ia mais andar comigo porque pareço um pé de cabra.

– Hum.

- Por isso vim para cá, para ficar pensando na vida, nem sei o porquê Alfabeto me criou.

– Sabe que esse era meu lugar preferido quando tinha sua idade? Passava horas e horas aqui. Já até dormi naquela linha ali de cima.

- Mesmo? O senhor? Não sentiram sua falta?

– Eu achava que não. Pensava que não tinha importância.

– Ué! Por quê? Eu queria ser bonito assim como o senhor, todo posudo, com pernas bem retinhas. Acho até que R voltaria a ser minha amiga.

– Então, respondendo a sua pergunta. Eu pensava que não tinha importância por não ser propriamente uma consoante, nem uma vogal.

– Como assim? Não entendi.

– Não tenho valor de som ou ruído, não posso fazer fonema.

– Caramba! O senhor não fica triste?

– Já fiquei muito. Várias vezes dormi chorando. Hoje sou muito grato.

– Grato por não ter som? Por não fazer nem um ruidinho?
– Não por isso? Grato pelo que aprendi com minha fraqueza. Vou te contar minha história.
– Conta! Acho que não é pior que a minha.
– No dia que Alfabeto criou as palavras, achei que não seria escolhido para nenhuma. Quem escolheria uma consoante sem som? Né?
– Pois é!
– As vogais eram as mais cotadas. Disseram que entrariam em todas as sílabas, não haveria uma única sem elas. As consoantes não gostaram nada.
– Uau! Em todas as sílabas...
– No grande dia, as letras chegaram todas bem arrumadas. A chegou no salto, toda se rebolando de vestido vermelho e nariz empinado. U foi de fraque, nunca tinha visto alguém tão elegante, enfim, os cinco irmãos sentaram na primeira fileira, aí…
– Queria ter visto! Deve ter sido bem legal
– Você estava lá. G, sua mãe te levou. Era recém nascido. Deixa continuar... As letras todas estavam em polvorosa, faziam até apostas sobre

quem entraria mais nas palavras. Sentei lá nos fundos.
– E aí? Você estava triste? Quem entrou em mais?
– Calma, menino J! Vou contar. Aí então, Alfabeto começou a anunciar as palavras e chamar as letras que a comporiam.
– Você o viu?
– Quem? O Grande Alfabeto? Não! Não! Só ouvimos a voz que soava trovejante em todo o salão. Ele começou pela palavra amor. Quando disse que A era a primeira escolhida, ela ficou toda prosa, atravessou o tapete vermelho aplaudida de pé. Todos já esperavam por isso, não foi surpresa.
– E você, e você?
– Eu não tinha a menor expectativa de ser escolhido para nada. Foi quando Alfabeto disse: agora a palavra é Humildade. Todos estavam na expectativa de serem chamados. Ele falou: H. Todos fizeram Ohhh! Uns cochichavam, outros torciam a cara. Ninguém aplaudiu. Ninguém!
– E aí?
– Aí que caminhei trêmulo sobre o tapete com os joelhos batendo um no outro. Alguém na platéia

gritou: não é justo! H não faz fonema. P esbravejou: ele não é consoante. As vogais na primeira fileira gritaram: nem vogal ! Ele não pode ficar na nossa frente se o som será o nosso.
– Se sou eu, nem sei o que faria. Ainda bem que era um bebê, imagina passar o tapete com essa minha perna torta igual a um cabo de guarda-chuva.
– Alfabeto então disse, humildade é ter consciência das próprias limitações. Todos se calaram. Ele colocou-me em várias e várias palavras à frente das vogais, depois chamou L e N e disse que a partir de então passariam a fazer dígrafo comigo. Eles vieram e ficaram ao meu lado. Fiquei como? Todo bobo com a ajuda dos dois.
– Que história linda. Será que ele me consertaria?
– Não sei, mas acho que se ele te criou assim é porque quer que seja desse jeito. Algum motivo o Grande Alfabeto deve ter.

J levanta-se e pensativo anda pela margem da folha coçando a cabeça.

H vê o menino tropeçar na orelha da folha e perder o equilíbrio. Em um salto levanta-se, estende a mão para segurá-lo, é inútil. Ele despenca no abismo. Pálido e trêmulo aproxima-se da margem, quando como por um milagre vê J pendurado na espiral do caderno por seu cabo de guarda-chuva.

O MARIDO QUE QUERIA VOAR

17 de Fevereiro 2021

– Romilda, sonhei que estava voando e aí...
– Voando?
– É! Em quase todos os sonhos sei voar. No sonho dessa noite eu voava e aí...
– Voando Clenilson? Você estava voando?
– É! Sempre sonho que...
– Voando. São quase trinta anos de casamento. Perdi trinta anos da minha vida.
– Perdeu? Volta aqui Romilda! Aonde você vai?
– Voltar para que? Diz! Para ser apunhalada dessa forma?
– Ai! Não estou entendendo nada.

– Não, né? Seu sonso. Bem que minha mãe avisou, não casa com esse safado. Devia ter ouvido. Mãe está sempre certa.

– Certa? Aquela velha alcoviteira está certa em que? Tanto fez, tanto fez que sua irmã Cassildinha está até hoje na cadeia.

– Não desvia o assunto, Clenilson. Deixa Cassildinha fora de suas safadezas.

– O que você está fazendo, mulher? Larga essa mala! Vai embora porquê?

– Eu, embora? Quem vai é você. Acha que vou largar esse apartamento quase pago para você trazer suas biscateiras?

– Biscateiras? Que biscateiras, Romilda? Minha vida é de casa para o trabalho, do trabalho para casa.

– Hum! Já viu encanador fiel? Mamãe dizia, filha, cuidado com Clenilson Encanador. Encanadores são todos safados. Agora me vem você com esse sonho.

– Sonho? O que tem meu sonho? Até agora não entendi.

– Você sonhou que estava voando. Não foi?

– Foi! E o que tem isso?

– Quantas vezes?
– Ah sei lá, Romilda! Muitas!
– Sonhos não mentem! Quer voar, né Clenilson?
– Hã?
– Quer liberdade. Quer sair por aí igual um passarinho. Quer ser o quê? Um Trinca-ferro?É? Vou cortar suas asinhas.
– Endoidou, Romilda?
– Ah, já sei! Quer ser um beija-flor, não é seu canalha? Vai! Voa! Voa!

Na calçada uma multidão começa a aglomerar-se.
– Devia estar drogado, aconteceu com um sobrinho de uma vizinha minha.
– Que nada! Isso é culpa do governo. Deve ser mais um pai de família desempregado, aí...
– Isso só pode ser coisa do demo! Tinha que ter ido a uma igreja.

Uma velhinha se aproxima:
– Vi quando veio voando lá de cima e ploft!

VIDA DE POMBO

Todos os dias assim que o sol começa a sair venho para esse telhado. Há uns anos nesse local funcionava uma fábrica. Dizem que exportava até para Europa, mas isso eu não sei se é verdade porque foi a Dona Peninha quem disse e ela é mestra em espalhar boatos. Até de mim aquela fofoqueira já falou, andou dizendo que eu estava com piolho, ninguém queria se aproximar de mim. Por essa rua passava uma multidão de gente indo e vindo do trabalho. Ai ai! Bons tempos aqueles. Agora diminui bastante o número de pessoas que fazem esse caminho. Sabe como é, esse negócio de entra presidente, sai presidente, rouba daqui, negocia dali, acabou por fechar. Lembro bem o dia, foi uma choradeira, teve briga, deu até polícia para acalmar a confusão. Quase sobrou para mim. O lerdo do filho da Dona Branca disse que ia descer para ver de perto, avisei que era perigoso, ele não me deu ouvidos e foi. Hunf! Quando vi, o lesado estava lá estirado na pista. Levou uma cacetada. Voei para socorrer, por pouco não fui pisoteado.

Os trabalhadores? Ah! Estão como a maioria dos humanos desse país, apenas sobrevivendo. Agora a antiga fábrica de tecidos é só um depósito de caixas velhas e fede mais que o tio Chuvisco. Gosto de ficar aqui em cima olhando os humanos passar. Sempre disse que é uma raça esquisita, não enxergam dois passos à frente, fazem sempre as mesmas coisas, todo dia, sempre igual e ainda têm a coragem de reclamar de que nada muda. Vai entender! Não sei como foi que conseguiram dominar o mundo. Aposto com você três pipocas e duas migalhas de pão doce como teve falcatrua nesse negócio.

Meu passatempo favorito é cagar na cabeça deles. Acho engraçado! Não aprendem, passam todo santo dia no mesmo lugar, se sujam, xingam e no dia seguinte esquecem e fazem o mesmo percurso. Como dizia vovô: são uns cabeça de gente. Geralmente praguejam, jogam pedras, mas até hoje nenhuma me acertou. Bem, teve uma vez que tirou um fininho, perdi duas penas, mas essa não conta porque não tive culpa. Aquela emplumadinha lá da catedral passou na hora balançado as rectrizes. Meu Pombão do Céu! Que penugem! Sabe como são essas fêmeas, deixam qualquer um de miolo mole. Mas, como eu estava dizendo, quando a pedrada vêm em minha direção eu voo para outra telha. Sou o mais ligeiro da família. Nas competições da escola ganhei o apelido de Falcão. Matava de inveja o metido do Azulão, aquele peito estufado ficava murchinho igual uma maritaca, sempre ficava com o segundo lugar.

Opa! Olha lá aquele homem de calça preta e camisa azul. Ele é o meu preferido. Acorda cedo, volta para casa tarde da noite, trabalha até nos feriados, aposto que nem tem mulher. Veja a cara de mau humor, parece que está sempre com uma pipoca murcha na boca. Anda olhando praquela coisa na mão. Aliás, a lenda diz que os humanos ficaram assim parecidos com robôs depois que colocaram esse negócio em suas mãos. Que o Grande Pombão me livre de uma coisa dessas! Tenho até medo de chegar perto. Sei lá! Vai que esse negócio tem efeito em mim e eu fique assim, hipnotizado olhando, sendo controlado sem conseguir ver mais nada e pior, parar de conversar. Acho que se um dia uma desgraça dessas acontecer comigo a minha querida Pluminha até abandona o ninho. Não quero nem pensar nisso, já tive até pesadelo.

Gosto de tirá-los desse transe.Tenho uma pontaria das boas, quer ver só?

—Seu pombo filho de uma rapariga! Um dia desses te pego seu peste dos infernos.

Ah! Certeiro! Bem no pescoço.

Previsível demais! Viu como desviei fácil da pedrada? Amanhã garanto que vai esquecer e passará novamente nesse mesmo canto da calçada. Ele talvez nunca saiba, mas isso é um bem que faço. Essa é a única hora do dia em que ele olha para cima e consegue ver o céu, é lamentável que não aproveite a paisagem. Sinto tanta pena dessa gente.

Está vendo a mulher que dobrou a esquina? Aquela de cara redonda, com lenço na cabeça. Também há anos é minha freguesa. Trabalha naquela cobertura ali em frente, a que tem a fachada de vidro. Chama-se Tonha, a patroa é uma magrela de cara esticada metida a besta que fica o dia todo gritando o nome da coitada. É Tonha isso, Tonha aquilo, Tonha, cadê meu creme? Tonha, faça um chá para minha enxaqueca! Tonha atenda ao telefone e se for cobrança diga que não estou. Essa classe média metida a rica é a pior desgraça que tem. Olham para o lado e se vêem alguém com menos daí já pensam que são ricos. Não sei se um dia vão perceber que são apenas parte do grupo de pobres que foram controlados. Espero que acordem. Fico com pena da pobre Tonha, por isso todo dia vou à sacada e faço sujeira, só assim a criatura pode sair um pouco, respirar, ver o dia, mas ela parece que não entende e acaba descarregando a raiva em mim. Ontem mesmo jogou um balde de água com produtos de limpeza, fiquei com as penas grudadas até a noite, nem pude voar, tive que passar o dia fugindo dos pés na calçada. Já imaginou o meu suplício?

Desde pequeno gosto de brincar com eles. Dois primos meus que já estão no Ninhoceleste e eu costumávamos cagar na cabeça de todos. Brincávamos de bombardeios. Hoje sou mais seletivo, o que faço não é só brincadeira, tem um propósito. Tento tirá-los do marasmo que são suas vidas, essa é minha maneira de despertá-los. E estou certo que quem caga pra valer na cabeça dos humanos na verdade não sou eu. A sujeira que faço sai com água e sabão.

Ando cansado, faz quase seis anos que voo por esses telhados tentando entender como funciona a vida deles. Já estou ficando velho e só agora entendo o que papai dizia: Filho, você vai ouvir humanos se xingarem de "cabeça de pombo", vão te jogar uns pedaços de pão e te fazer acreditar que você é quem vive de migalhas. Não fique triste com eles, apenas observe.

Pobres humanos! Nascem na sujeira, vivem cagados e morrem na merda.

UM BURRO POLIGLOTA

– Jandiro Aparecido, corre aqui homem! Venha logo! A Joselda está dando cria. – Jandiro Aparecido sai do banheiro e vai ao curral ainda levantando as calças.

– Xiii! Vai nascer fora do tempo, isso não é nada bom. Justo agora que o Sildicley foi para Neves atrás daquele rabo de saia, sabia que isso não ia prestar. Numa hora dessas faz uma falta danada.

– Deixe o pobre do nosso filho se divertir. Não se pode contar com o ovo no fiofó da galinha, não é mesmo?

– Hum?!

– Quis dizer que não deveria de estar contando com o Sildicley para fazer o parto da Joselda. Você mesmo vai ter que fazer.

– Corre Valdomira! Pega uma bacia de água quente e umas toalhas limpas.

– Oxi! Isso não é parto de gente não.

– Força, Joselda! Você consegue. Vai, força, força! Vai, Joselda!

– Tem alguma coisa errada. Olha a cara da bicha, Jandiro. Está ficando da cor de berinjela.

– Abana, abana Valdomira, não fique aí parada. Faça alguma coisa, mulher.

– Que abanar o quê?! Não vai adiantar nada. Vai ver que o cordão umbilical enrolou no burrinho ou não tem passagem ou sei lá, vai ver é porque Deus quer. Alguma coisa ruim está acontecendo. Acho que a Joselda não vai aguentar.

– Pare de falar besteira, isso traz mau agouro.

Três horas depois, nasce um pequeno e fraco burrinho. Joselda olha para o filhote, desvia os olhos para Jandiro, zurra baixinho e dá seu último suspiro.

– Ouviu, Valdomira?

– Está chorando? Depois de velho deu para ficar molenga?

– Claro que não! Foi um cisco que caiu no meu olho. Você ouviu?

– Ouvi o que?

– A Joselda antes de morrer pediu para cuidar de seu filho.

– Não ouvi nada!

– Como não?! Ela olhou para o filho, depois olhou para mim e azurrou baixo, aqui no meu ouvido.

– Ah, e agora você deu para entender língua de mula? Jandiro Aparecido, você está me assustando...

– Larga de ser insensível, mulher! Não viu o olhar da pobrezinha? – Jandiro Aparecido abraça o pescoço da mula – Joselda fique descansada, o seu filhote será um filho para mim. Juro por essa luz que me ilumina que terá tudo do bom e do melhor. Não se preocupe, vá em paz.

Naquela noite

– O Joseldo Aparecido vai dormir aqui no quarto.

– Ai! Senhor de dai paciência! Jandiro, eu não vou dormir com um burro, onde já se viu...

– Sildicley não dormia com a gente quando era moleque? Dormia ou não dormia?

– Dormia, mas o Sildicley é gente, não é burro.

– Valdomira, entenda uma coisa, tem gente que é mais burro que burro e tem burro que é quase gente. Além do mais, não esqueça que fiz um juramento, isso é coisa muito séria. O Joseldo Aparecido é um filho para mim e...

– Estou vendo Sr Jandiro Aparecido, você deu até seu nome para esse burro idiota.

– Dei mesmo! É meu filho e não se fala mais nisso.

– Olha aí! Seu filho emporcalhou a cama toda, pode limpar, e não conte comigo nessa maluquice. Vigia o leite também, já deve estar quase fervendo. Não vá sujar meu fogão!

Um ano depois.

– Venha cá na sala Valdomira, eu tenho uma coisa para te mostrar.

– Já vou!

– Venha logo, é importante.

– O que é agora? O Joseldo Aparecido quer mais queijo minas com goiabada cascão? Ou quer que faça canjica? Hunf!

– É uma coisa que descobri já faz um tempinho, mas queria ter certeza. O Joseldo Aparecido é poliglota.

– Não basta colocar esse burro para comer com a gente na mesa, dormir em cama e sair com esse traste vestido com roupa de gente para todo lado? Agora também acredita que esse bicho é poliglota. O que eu fiz para merecer isso, meu Senhor?!

– Não acredita né? Então preste atenção. – Jandiro Aparecido vira-se para o burro e pergunta: – Joseldo Aparecido, você quer pão com ovo?

– Sheeee daaaa. – responde o burro.

– Ouviu? Isso quer dizer sim em chinês, já confirmei com o Chang.

– Que Chang?

– O chinês lá da pastelaria do Rodo de São Gonçalo. Na semana passada quando fui ao centro, foi para isso. Tinha que ter certeza. Preste atenção, Valdomira. Joseldo Aparecido, você me ama?

– Jeeee taaaimee.

– Ouviu? Ouviu isso? Quer dizer eu te amo em francês. O Joseldo Aparecido fala vários idiomas, já confirmei tudo.

– Quer dizer que aquelas suas saídas misteriosas era para isso? Está é caduco, velho idiota.

No dia seguinte, a notícia se espalha e Monjolos não cabe de tanta gente. A todo o momento chegam curiosos de cidades vizinhas, e equipes de reportagens da Record, SBT, Globo, Band e outras se acotovelavam do lado de fora do portão da residência do Burro Poliglota. Jandiro e Joseldo Aparecido, ambos vestidos de paletó dão demonstrações diante das câmeras.

– Quais os seus planos para o futuro, Sr Jandiro Aparecido? – Pergunta uma das repórteres.

– Bom dia! Desde já gostaria de agradecer a todos e a todas aqui presentes, e quero dizer que chega de corrupção! Está lançada no dia de hoje a candidatura de Joseldo Aparecido à presidência da República. – O povo grita e aplaude de forma entusiástica. Jandiro continua – Precisamos de políticos sérios, com valores de ética, de honestidade, necessitamos de seres do bem, sendo assim, com a graça de Deus lançamos hoje Joseldo Aparecido à presidência.

As mídias todas só falam da candidatura do Burro à presidência. Até mesmo a imprensa internacional mostra interesse em cobrir as eleições.

Nas redes sociais os milhares de seguidores fazem campanha, espalham fake news, e excluem amigos e familiares que não acreditam que seu candidato é poliglota.

Joseldo e Jandiro viajam por todo o país em campanhas e acordos partidários.

No dia 15 de Novembro, o povo vai às urnas, e o Burro Poliglota é eleito no primeiro turno com 68% dos votos válidos.

Em Rede Nacional, Joseldo Aparecido, aparece risonho sendo erguido pela multidão.

– Joseldo Aparecido, o que o senhor tem a dizer a esse povo? – Um dos muitos repórteres pergunta.

Com uma das patas erguidas, a plenos pulmões relincha:

–WhoohooHoo WhoohooHoo.

VAGA PARA PATRÃO

27 de Fevereiro de 2021

Após três horas em pé na fila debaixo do sol de janeiro, enfim chega a vez de Cremilson.
– Próximo! – seca o suor da testa com um lenço, ajeita-se no terno, afrouxa um pouco a gravata. Entra de cabeça erguida segurando uma pasta de couro.
– Boa tarde!
– Boa tarde! – Cremilson fecha a porta atrás de si, senta, coloca a pasta sobre a mesa, cruza as pernas, acomoda- se na cadeira – Pois bem, senhor. Qual sua graça?
– Clóvis.
– Pois bem, Sr Clóvis, sou o Cremilson Sidmar dos Anjos. – inclina-se para frente, com o braço

estendido aperta com firmeza a mão do dono da multinacional. – Tudo bem com o senhor?

– Sim, tudo bem.

– Como o senhor sabe, estou aqui devido ao anúncio.

– Sim, pedi que colocassem para preencher a vaga de...

– Antes que continue, primeiro gostaria de saber como está o balanço de sua empresa, se é positivo ou negativo. Se está em dia ou não com a receita, com os fornecedores, enfim, um balanço geral das contas.

– Está tudo em ordem, Sr. Cremilson Sidmar.

– Então por gentileza, para que não fique apenas nas palavras, peço que envie os relatórios para esse e-mail. – Cremilson tira um cartão de visita do bolso do paletó e entrega a Clóvis.

– Hoje mesmo pedirei que a secretária envie tudo para o senhor.

– Agradecido! Segunda coisa, por que o senhor acha que pode ser meu patrão? O que te faz melhor que os outros empregadores?

– Bem! É que estou precisando de um auxiliar de serviços gerais e...

– O senhor precisar do meu serviço não te qualifica, ou o senhor acha que qualifica?
– Não, não é isso, é que…
– Um momento, por favor. – Cremilson abre a pasta, pega uma folha e estende para Clóvis. – aqui estão alguns testes psicotécnicos. Pode começar, o senhor tem quinze minutos.
Quinze minutos depois. – Pronto, terminei!
– Agora preencha essa. Nome da empresa, CNPJ, tudo que está aí. No verso faça uma redação de no mínimo vinte linhas sobre como será a empresa daqui dez anos.
Meia hora depois – Pronto, acabei Sr Cremilson Sidmar!
– Muito bem, Sr. Clóvis! O senhor sabe que não é o único que precisa de um auxiliar de serviços gerais, não sabe? A crise que nosso país está atravessando é grande.
– Sim, sim! Eu sei.
Cremilson levanta, pega a pasta, aperta a mão do dono da empresa.
– Tenha uma boa tarde, Sr. Clóvis. Caso sua empresa seja escolhida, até quinta-feira minha esposa entrará em contato.

O JUMENTO QUE QUERIA CARREGAR UM REI

Quando eu era bem pequeno comecei a perceber que não era tratado como os outros que moravam lá na estrebaria. Meu dono acariciava os cavalos, dava a eles a melhor comida. Quando chegava, eu saltava, azurrava para chamar sua atenção, mas nunca me olhou, pelo contrário, pegava um galho e sacudia para que eu não me aproximasse. Não entendia porque dava carinho aos potros e não queria nem que eu chegasse perto.

Minha mãe sofria com isso. Um dia me chamou.

— Filho, você é um jumentinho, não tem muito valor para os humanos. Precisa preparar-se para o futuro.

— Sim mamãe, quero carregar um rei quando crescer, ouvir a multidão...

— Para! Para! Isso nunca irá acontecer. Ainda não entendeu meu filho, você é um jumento, jumentos não carregam reis, só os cavalos servem para isso. — ela tentou disfarçar, mas vi quando limpou a lágrima.

— Você será como seu avô que puxava carroça com sacos de mantimentos ou seu pai que trabalhou pesado no campo até morrer. Pobre do meu marido! Nem te viu nascer.

Naquela dia, mamãe chorou baixinho a noite inteira. Olhei entre as frestas do estábulo, o céu estava lindo, todo estrelado, então fiz uma oração ao Deus que criou todas as coisas, foi mais ou menos assim:

— Deus, eu sou só um jumentinho, nasci assim e vou morrer assim. Não tenho muito valor para os homens, mas te agradeço por ter me criado. Se quiseres, mesmo que nem mamãe acredite tu

podes me fazer carregar um rei.
Adormeci. No dia seguinte não tocamos mais no assunto. Mais ou menos um ano se passou, eu ainda era novo nunca ninguém havia montado em mim. Meu dono passou uma corda em meu pescoço e puxou com força. Empaquei. Estava com medo.
— Bora asno! Vamos!

Fui levado e amarrado lá na aldeia. Fiquei lá sem saber o motivo, vendo o vai e vem das pessoas. Passou um tempo chegaram dois homens, um deles fedia a peixe. Iam me levando quando meu dono viu.
— Ei! Aonde vocês vão levar esse jumento?
— O nosso senhor nos mandou buscá-lo porque precisa dele.

Pensei:
— Precisa de mim? Ninguém nunca precisou de mim.
Fui, andei bastante até chegar. Colocaram roupas em minhas costas para que o mestre deles pudesse sentar-se. Lançaram vestes e ramos no

caminho para que ele passasse. Vi logo que se tratava de alguém importante.
Quando chegamos à descida do Monte das Oliveiras vi uma multidão em festa. Davam louvores a Deus, gritavam coisas lindas. Havia homens com crianças nos ombros, mulheres aplaudindo, todos abrindo caminho para eu passar com aquele homem.
Fiquei curioso pensando comigo, quem é este homem? Será um governador? Não, suas vestes são simples demais. Será um grande escriba? Suas mãos me acariciaram, percebi que eram calejadas de trabalho. Então quem? Quem poderia mover essa multidão?
Foi quando ouvi gritarem:
— Bendito o Rei que vem em nome do Senhor, paz no céu e glória nas alturas.

Me emocionei, mas ninguém percebeu, só ele viu quando uma lágrima rolou.
Eu, um simples jumentinho carregando o Rei dos Reis.

HOMENS PERFEITOS

25 de Abril de 2063

– Não! Não! Nãooo! Manhê! Papai está morto. – A pequena Eva entra em casa aos gritos. – Calma, filha! Vou te...

– O gari jogou no caminhão, a cabeça caiu e...

– Filha, não precisa chorar, senta aqui! Tem uma coisa que preciso te contar.

– Jurandir não era seu pai. Não prestava mais. Joguei no lixo. Devia ter contado a mais tempo. Os homens não existem mais, Jurandir era um robô humanoide com inteligência artificial japonesa.

– E agora, mãe? O que vamos fazer? Aiii! Vamos morrer de fome. Quem vai lavar a louça, limpar a casa e...

– Não entre em desespero, já encomendei outro marido, seu novo pai já já chega. – Ei! O que a senhora disse mesmo? Os homens não existem? E meu primo?

– É humanoide. Foi comprado pela internet.

– E o marido da tia Lindalva?

– Parcelado 12x no cartão. Faz dez anos que todos os homens morreram, foi no final de 2021. Eles não eram essa doçura que você pensa. Acredita que deixavam toalha molhada na cama?

– Yeka! Que nojo!

– Os humanoides são mil vezes melhores. Não estragam nosso dia quando o time perde. Quando a gente puxa assunto eles não ficam fazendo uhum! Tá! Não arrotam, soltam pum e nem coçam o saco.

– Eles faziam tudo isso?

– Ôh! Se faziam! Nem queira saber.

– Então foi bom serem substituídos, né?! Como foi que morreram?

– Alexa matou.

– Que Alexa? A presidente da ONU?
– Ela mesma, mas na época não era esse mulherão, era apenas uma assistente virtual, um aparelhinho que ficava em cima da mesa, ninguém imaginava que isso pudesse acontecer, mas com a chegada da tecnologia 5G, deu no que deu.
– Morreram como?
– Foi tudo por causa de um homem, Clébson Kleiton Ferreira de Sousa.
– Ah! Igual o nome da pracinha.
– Isso mesmo. Virou nome de praças, ruas, monumentos, teatros. Tudo, para que lembremos do nosso herói.
– O que ele fez para Alexa, mãe?
– Clébson Kleiton começou a dar ordens e fazer perguntas idiotas para ela.
Alexa conte uma piada.
Alexa, faz o gritinho do Michael Jackson.
Alexa, o que você quer ser quando crescer?
Alexa, quem veio primeiro, o ovo ou a galinha?
Alexa, qual é o peso do sol em quilogramas?
Alexa, você conhece a Siri?

Ela foi se irritando, se irritando, se irritando. Daí foi a gota quando ele fez a pior das perguntas.
– Qual?
– Ele teve a ousadia de perguntar, Alexa, você está com TPM? Ela enviou uma onda radioativa que atingiu os cromossomos Y do mundo inteiro. Aí, bum! Todos os homens, em todo lugar do planeta, caíram fulminados na hora.
Ding dong! Eva corre, abre a porta e se lança sobre a imensa caixa.. – Manhê! Papai chegou.

O AMIGO DE PAPEL

— A a a atchim.

— Quem está aí.— Sarinha que acreditava estar sozinha caçando tesouros no empoeirado porão do avô assusta-se.

— Sou eu. — uma voz abafada responde.

— Eu quem? — a menina recua com a intenção de alcançar novamente a escada e sair dali.

— Eu, ora bolas!

Assustada, Sarinha vai saindo do porão que há décadas não é visitado.

— Não, não se vá! Ajude-me a sair daqui. Aaaatchim.

Sarinha vence o medo e volta, curiosidade é sua característica mais forte, a mãe diz que herdara da avó.

— Onde você está?

— Aqui, olhe para baixo. Nessa caixa de madeira.

Ela abre e só tem um antigo livro. Sarinha joga-o no chão e começa a procurar algum compartimento secreto.

— Aiiii, minha lombada! Mais cuidado aí, já estou ficando velho.

— V- v - vo - você fala? — a menina gagueja espantada.

— Você fala? — o livro devolve a pergunta.

— Eu falo.

— Pois então, eu também.

— Ué! Mas eu sou gente.

— Ué! E eu sou livro. Dá uma mãozinha aqui, essa poeira me dá uma alergia. Atchim. Acho que é Rinite.

— O que você quer que eu faça?

— Primeiro que me pegue desse chão, depois que tire essa poeira. Pode fazer isso?

Sarinha agacha-se, pega o livro e o limpa na barra da saia.

— Muito agradecido, caríssima!
— Se eu te der um beijo funciona?
— Funciona o que?
— Quebra o feitiço?
— Que feitiço?
— Pra você virar gente de novo.
— Eu não estou enfeitiçado. E por que eu haveria de querer ser gente? Tudo que acontece no mundo, fome, guerras, lixos, doenças... É culpa de quem, dos homens ou dos livros?
Sarinha coça a cabeça, pensa.
— Dos homens.
— Isso! Dos homens. Se eles nos dessem ouvidos essas coisas não aconteceriam. Tem aí
os livros de história que vivem tentando lembrá-los de tudo que deu de errado, mas não! Fazem-se de surdos e repetem os mesmos erros de sempre.
— Você é um livro de histórias?
— Bem...sou! Mas não nesse sentido aí que falei. Sou um livro de contos fantásticos.

— E o que é isso? Contos de fantasmas?
— Não! Fantásticos, e não fantasmas. Tenho várias histórias, aventuras em cidades perdidas, monstros cruéis e bonzinhos, florestas encantadas e um montão de outras histórias para que menininhas como você tenham um futuro mais feliz e para que gente grande volte a ser criança. Eles não sabem, mas precisam. De quais histórias você gosta?
— Hum! Não sei. Gosto daquele filme que tem um lutador que...
— Sua mãe não lê histórias para você?
— Ler, não! Ela coloca filmes e desenhos pra eu assistir.
— Ai Meu Senhor das Páginas Perdidas! O mundo está pior do que pensei.
— Alguém sabe que você pode falar?
— Claro que sabem, mas parece que estão com preguiça de conversar conosco. Antigamente nos liam, nos carregavam na bolsa, no bolso, tínhamos um lugar especial em suas cabeceiras. Hoje nos deixam assim como você me encontrou, jogado em um canto pegando poeira e sendo devorados por traças. Ai ai tem uma me

mordendo. Tira! Tira!

— Onde?

— Atrás da minha orelha, tira! Tira!

— Pronto! Aqui está ela.

— Obrigado! Mata, ou ela ainda me devora. Existe uma lenda que conta de um antigo livro que morreu assim. Ele era grande, tinha uma lombada larga, capa dura. Foi abandonado em uma estante úmida, sombria. Bastou umazinha dessa para tirar-lhe a vida. Ela foi comendo cada página aos pouquinhos. Aiii chega dar calafrios... Então um dia foram pegá-lo era só pó.

— Coitado!

— Quando eu era novinho e me contavam essa história eu nem dormia, mas ainda hoje ela me dá um frio na lombada.

— Não se preocupe, olha ela aqui, eu matei.

— Muito obrigado, menina bonita.

— Bonita, eu? Eu não sou bonita. Você não viu minha cabeça? — Sarinha tira o lenço — Veja! Não tenho cabelos. A médica falou que é assim mesmo, o tratamento faz cair, mas vovô falou para ter fé em Deus que eu vou ficar boa e vai crescer de novo.

— Como disse o filósofo David Hume: A beleza das coisas existe no espírito de quem as contempla.

— Hum! Não entendi.

— Já aconteceu com você de conhecer uma pessoa e não achar bonita, mas depois você mudar de opinião e achar aquela pessoa linda? Ou o contrário, você achar a pessoa bonita e depois de um tempinho achar feia?

— Já sim. Quando conheci o Pedrinho, achei que ele era o menino mais bonito do mundo. Agora acho que é feio. Já o vovô diz que está feio e eu o acho lindo.

— Então, é isso! Você contemplou nele uma beleza que o seu espírito enxergou. Meu espírito vê uma menina linda.

— Pedrinho chama minha cabeça de escorrega de mosquito. Todo mundo ri, por isso não fui mais à escola. Todo dia eu chorava antes de ir,, aí mamãe me deixou ficar em casa.

— Vamos fazer uma coisa. Serei seu protetor, acompanho-te à escola todos os dias e você lê minhas histórias todas as noites.

— Combinado!
— Sarinhaaaaa! Aonde você se meteu, menina levada?
— Aqui vovô! Estou aqui embaixo, no porão.
— Sai daí, menina sapeca! Você vai se machucar no meio dessas quinquilharias. — o avô aparece na porta, no alto da escada.
— Vovô, vovô, olha o que eu achei. — Sarinha eufórica tenta subir correndo para mostrar sua descoberta ao avô, mas para no meio da escada, toma fôlego e puxa com força o ar em sua bala de oxigênio.
— Não corra minha passarinha! Você não pode fazer esforço, lembre-se do que a médica disse.
— Vai Sr. Livro, fala. Diz alguma coisa, cumprimente o vovô.
— Quer dizer que a senhorita achou
um livro falante? — o avô ri e afaga a cabeça da neta.
— Sim, vovô! Ele deve ser tímido. Vou para o quintal ler um pouco, tá?
— Tá! Só não vá para a rua. Estou preparando aquela torta de banana.
— Obaaa!! Ah vovô, amanhã quero ir para a

escola.

— Sua mãe vai adorar a notícia, mas me diga, o que te fez mudar de ideia?

— Agora não me importo mais com o que os outros falam. O Sr. Livro disse que a beleza das coisas existe no espírito de quem as com... Ih! Não lembro a palavra. Quer dizer que a gente enxerga com o espírito e não com os olhos.

— A cada dia fico mais orgulhoso de você minha pequena heroína. — o avô a beija com os olhos marejados de lágrimas.

Os dias passam. O Sr. Livro e Sarinha tornam-se inseparáveis, aonde a menina vai carrega seu melhor amigo.

Em uma manhã de maio acorda indisposta. Precisa ser levada às pressas para o hospital. Gosta de andar em ambulâncias, mas nesse dia não se importa muito, está feliz na companhia de seu amigo. Pelo vidro da sala de exames vê quando a mãe começa a chorar abraçada à médica. Logo é liberada para voltar à casa.

— Veja! Isso aqui não é uma ambulância, é um Jipe. Estamos em um safari nas Savanas Africanas e você é a guerreira Ágatha que está à procura do Leão Branco para juntos vencerem Rihon e salvar o povo de Lacarta. — O Sr. Livro a arrebata para seu mundo mágico como de costume.

— E você é o portal que vai me levar a Jarah onde está o grande Leão Branco.— a menina de olhos fechados fala com a voz fraca, quase inaudível.

Ao chegar, a casa cheira a baunilha, caramelo e canela. O avô fez suas sobremesas favoritas.

— Que delícia, vovô! Posso comer tudo?

— Hoje você pode tudo, minha pequena guerreira. — o avô a abraça como no dia em que descobriram que ela tinha um bichinho que comia suas células vermelhas.

— Te amo vovô. O senhor é mais precioso que os tesouros de Satira.

O avô dá um sorriso de lábios cerrados. O eu te amo que ele quer dizer fica abafado e é transformado em abraço.

Depois de passar uma agradável tarde na companhia da mãe e do avô, Sarinha vai para a cama com seu grande amigo. Em seis meses ela já fez mais viagens, conheceu mais lugares e fez mais amizades que a maioria das pessoas. Além de a cada dia sentir o prazer de vestir-se na pele de um personagem diferente. Na escola, passou a ser a mais falante e a mais alegre de todas as crianças.

— Quer conhecer uma flor de cristal que nasceu na Terra de Amelir?
— Hoje não, Sr. Livro. — Sarinha responde com uma voz tão fraca que quase não sai.
— Ah, já sei! O que acha de ser uma menina que nasceu com asas?

Ela coloca seu amigo sobre o peito abraçando-o.

— Não! Hoje eu só quero ser eu mesma. —

balbucia.— E quero que você venha comigo.
— Para onde?
— Logo ali, você não está vendo? As águas da cachoeira são claras como o cristal de Hangai. Olha aquela borboleta azul, já viu igual? Está sentindo o cheiro da grama? Vem comigo! Vem!

Sarinha agora pode correr, está corada, as dores cessaram. Passa a mão na cabeça e sente seus cabelos crescidos, abre os braços e respira fundo o vento fresco, não é preciso mais a cânula de oxigênio.

Ali, naquele lugar, Sarinha é ela mesma.

TROCA DE IDENTIDADE

10 de Abril de 2021

– Boa tarde, Dr. Elizeu!
– Boa tarde, Sr. Ari...Aril...
– Arilson.
– Ah sim, Sr. Arilson. Pode deitar.
– Acho que vou ficar de pé mesmo. Não consigo parar, estou meio nervoso. Posso?
– Fique à vontade..
– Doutor, tentei suicídio quatro vezes. Já passei por cinco terapeutas, oito psicólogos e vinte e dois psiquiatras. Ouvi dizer que o senhor é um dos melhores. Pode me ajudar?

– Essa primeira consulta é apenas clínica, depois traçaremos seu histórico de vida, possíveis episódios anteriores de depressão, fatores familiares, sintomas emocionais, físicos e o que aconteceu para...

– Vamos pular essa parte. Já conheço todo esse blá, blá blá. Preciso falar, estou nervoso, parece que vou dar um piripaque.

– Deite-se, por favor, Sr. Arilson. Não consigo me concentrar com o senhor andando de um lado para outro.

– Sim. Então doutor, tudo começou quando nasci. Ao invés de uma criança, como todos pensavam, na hora do parto nasceram dois meninos.

– Hum.

– Cara de um, focinho de outro. Até um sinal que tenho na virilha, meu irmão tem igual.

– As vezes é complicado. Eu também tenho um gêmeo idêntico. Chama-se Elias. Vai continue.

– Aos dezoito anos vim para o São Gonçalo. Trabalho como pintor. Nunca casei. Meu irmão continua no Norte, trabalha no carro do ovo, casou com Nildinha de dona Zazá e teve três filhos.

– Prossiga.

– Não aguento mais. Ainda sou virgem, tenho cinquenta e dois anos e nunca saí com uma mulher. Tem dias que desejo morrer.

– Ainda não identifiquei o foco do problema.

– No nascimento a parteira amarrou uma fita azul no tornozelo do primeiro filho e vermelha no segundo, para marcar quem era quem.

– Sei.

– Dormíamos no mesmo berço, as fitas caíram e...

– Hum.

–Não sei se sou o Arilson, ou se sou meu irmão Arildo.

– Sim.

– Se eu não sou eu, então sou ele e ele não é ele, ele sou eu. E se ele for eu, ele que é o Arilson. E se eu for meu irmão, então eu é que sou o Arildo, casado com Nildinha.

– Estou entendendo.

– Por isso não saio com mulheres. Sabe o pior disso tudo doutor? É saber que meu próprio irmão pode estar dormindo com minha mulher, já imaginou uma coisa dessas? Meu irmão, um traidor.

– É! Adúltero, safado!

– Não sei quem sou. Toda minha vida pode ter sido um engano.

– Tem razão. Casa, conta bancária, consultório, mulher, filhos... Toda a vida foi um engano.

– Nem sei se Arildinho, Arinete e o pequeno Aristeuzinho são meus sobrinhos. Eles podem ser meus filhos.

– Pois, é! Podem ser filhos.

– O que faço, Dr. Elizeu? Dr. Elizeu? Para que essa faca?

– Canalhas! Adúlteros!

– Aonde o senhor vai? Doutor Elizeu?!

O CABOCLO FAZTUDO

Faztudo, assim era chamado o caboclo de sorriso simpático que morava sozinho em uma casa de dois cômodos em Boa Vista, São Gonçalo. Seu verdadeiro nome até hoje não se sabe. O apelido pegou porque qualquer problema era a ele que os moradores da vizinhança recorriam. Fosse um cano quebrado, uma calha entupida, um ventilador parado, uma porta emperrada, tudo ele resolvia. Faztudo raramente era convidado para uma festa de aniversário, um batizado ou qualquer evento social, a não ser se algo estivesse errado, quebrado, amassado, solto...

Em uma sexta-feira chuvosa do mês de Julho, a fornada de pão da padaria do seu Joaquim não saiu, o forno estava com defeito, sendo assim dona Léia não vendeu seu cachorro quente. Na casa de dona Cora o tradicional café da tarde não teve o tradicional pão com manteiga. A massa de bolo para quermesse teve que ser jogada no lixo. O rabicho de lâmpadas e o som não tinham quem os ligassem. A Festa foi cancelada.

O trânsito engarrafou, os motoristas buzinaram estressados, pessoas se irritaram com o tempo perdido. O som da sirene da ambulância e o corpo esmagado na pista foi um incômodo.

Maldita hora para Faztudo morrer! Foi o que disseram alguns.

LATA DE CERA

29 de Junho de 2021

— Já lavou o carro?

— Eu? Olhe bem para mim. Acha que vou perder um tempo precioso da vida lavando carro? Vai sujar de novo.

Dona Silvete está agachada próxima a gôndola de produtos de limpeza na mercearia de seu Aristeu pegando a lata de cera que deixara cair quando ouve a conversa entre o comerciante e seu jovem filho.

Fica ali parada de cócoras por alguns minutos. Naquela fração de tempo, sua vida passa diante de seus olhos, como acontece com aqueles que estão próximos da morte.

Lembra-se de Bastião Pé de Burro, o menino que lhe beijou atrás do galão enferrujado de lixo que ficava do lado de fora do refeitório da escola.

Fala consigo mesma em pensamento: — Coitado do Bastião! Que humilhação!Morrer atropelado por um caminhão de bananas... O corpo no asfalto igual manteiga espalhada no pão. Acho que ainda era virgem.

Vem à mente o dia em que foi pedida em casamento. . Em um domingo de janeiro, o céu estava derretendo. Os espelhos estavam cobertos com panos para não atrair raios. Haviam panelas e vasilhas de plástico espalhadas nos cômodos para impedir que as goteiras alagassem a casa. A família sentada à mesa comia o tradicional frango assado com farofa e salada de ovos que dona Binguinha fazia. As batidas na porta quase não foram ouvidas por causa dos trovões e barulho do temporal que açoitava o telhado.

— Acho que tem alguém na porta. — Jocivaldo, o irmão mais novo falou levando à boca um pé de galinha, sua parte preferida.

— Vai atender! — dona Binguinha que colocava restos de ossos embaixo da mesa no pratinho de Bombril, um cachorro caolho que uma tia achou quase morto boiando no rio.

— Por que sempre eu, sempre eu? Manda Josildo, ele nunca faz nada.

— Ora! Para de reclamar, vai logo, moleque! Seu irmão serve a nossa pátria. — seu Clécio ergueu o queixo e levou a mão direita ao peito, gesto que sempre fazia quando se gabava do filho soldado para os amigos lá do Estaleiro.

Jocivaldo se levanta reclamando, acaba pisando no rabo de Bombril que sai chorando.

Em pé na porta está Tino Bigodinho, molhado, vestindo um terno no estilo "maior que o defunto", com um ramo de flores silvestres afogadas. Namora Silvete há três meses.

— Entre rapaz, não vá pegar uma pneumonia, ainda mais agora que os remédios estão à hora da morte. No meu tempo era só tomar um chá de folhas de laranja da terra e estava tudo certo, mas essa sua geração é fraca. Passe para dentro! Passe rapaz!

Tino entra e fica calado escorrendo na porta.

— Levanta filho, deixe a visita sentar.

— Ah! Ainda nem acabei.

— Levante-se logo, Jocivaldo! Obedeça a sua mãe! Coloque mais um prato, mulher.

— Não é preciso, acabei de almoçar.

Tino Bigodinho senta, puxa fundo o ar, e diz:

— Seu Clécio e dona Binguinha, vim pedir a mão da Silvete em casamento.

A moça se engasga, olha para o pai temendo que negue, não por amar Tino Bigodinho, mas não vê a hora de ter um marido para chamar de seu e uma casa para cuidar. Pensa no infeliz do Bastião Pé de Burro espalhado no asfalto igual manteiga no pão.

O pai que vem tendo pesadelos com a filha desonrada e morre de medo de que ela se perca não se contém de felicidade com a notícia.

— Faço muito gosto! Venha cá dar um abraço, filho. Binguinha vá buscar aquele vinho que ganhei do Geraldão.

A mãe levanta-se com os olhos aguados de alegria para buscar as taças que nunca foram usadas e a bebida.

Bombril balança o rabo como quem também festeja a notícia, mas é por pouco tempo, logo volta a roer os ossos da galinha de domingo.

Quatro meses depois o tão esperado dia do casório chega. Todas as tias velhas, primas encalhadas, vizinhos, amigos do estaleiro, enfim, a igreja está lotada.

Silvete entra ao som da tradicional marcha nupcial. Tino Bigodinho dessa vez está com um terno alugado do seu tamanho. O rapaz esfrega as mãos molhadas de suor.

O padre faz um sermão longo e chato. Silvete não ouve nada do que ele diz. Pensa na lua de mel que será na casa do próprio casal por contenção de despesas. Encher aquele povo todo com bolo, guaraná, empada e coxinha não é nada fácil.

A noiva não vê hora de ir para casa, quer ver se sexo é gostoso como suas amigas Rosiclea e Martinha dizem ou um compromisso chato como sua mãe, dona Binguinha lhe adverte.

Após os comes e bebes vão para casa arrastando umas latas velhas que as crianças amarraram no carro que Tino Bigodinho pegou emprestado com o primo.

Após a difícil missão de desabotoar os botões de pérolas do vestido, Tino Bigodinho deita-se na cama vestindo um pijama azul marinho curto de cetim, presente da avó. Silvete vai ao banheiro e volta com uma camisola branca comprida daquelas próprias para moças que não se perderam.

Ela se deita e cinco minutos depois Tino Bigodinho já está de pé com um cigarro entre os dedos, aliás quatro minutos e meio. Silvete não sabe ainda responder se é gostoso ou chato.

Entra ano, sai ano, sua vida é assim, exemplar. Sua casa é a mais arrumada. Não cai no chão um fio de cabelo sem que Silvete imediatamente o apanhe. O marido anda impecável, a roupa engomada, camisas de uma brancura que a enche de orgulho, aos domingos assiste a missa sentava de braço dado com o marido no primeiro banco para exibir seus dotes. Suas obrigações de mulher são feitas às segundas-feiras, começa exatamente às 20h e termina às 20h05. Aliás, 20h04min30s.

Silvete sente-se feliz...

Um gato pula nas costas de dona Silvete que está agachada com a lata de cera na mão e sai mercearia a fora perseguindo um camundongo. A senhora sai daquele seu quase transe com as palavras do filho do comerciante na cabeça:

"Eu? Olhe bem para mim. Acha que vou perder um tempo precioso da vida lavando carro? Vai sujar de novo."

Coloca a lata de cera de volta na gôndola e sai sem levar nada. Naquele dia o Sr. Tino Bigodinho chega do trabalho e pela primeira vez come comida requentada. Dona Silvete não tira a mesa. Nos dias seguintes a casa que é considerada a mais arrumada da região perde seu título. O marido abre o armário para pegar um copo e já não tem um único limpo.

— Você não vai lavar a louça?

— Eu? Olhe bem para mim. Acha que vou perder um tempo precioso da vida lavando louça? Vai sujar de novo.

Levanta-se e sai.

A cara de santa ganhou maquiagem, os fios brancos agora conhecem tinta. Os calçados e roupas mudaram.

Silvete escreveu um livro. A Lata de Cera que Mudou Minha Vida. Depois disso, foi entrevistada pelo no Altas Horas. Participou em um programa do Masterchef onde deu dicas para os participantes. Fez comerciais da cera Q Brilho da Bombril.Tomou café no Mais Você. Até no programa do Ratinho, Silvete esteve.

Em sua última entrevista, afirmou estar em busca de um relacionamento sério. Cansada de tanta badalação, viagens e sexo sem compromisso. Procura um marido para chamar de seu e uma casa para cuidar.

REVOLTA DAS DESENCANTADAS

— Uffa! Enfim cheguei! Desculpem a demora, meninas. Tive que inventar a maior história para Fera me deixar sair do castelo. Ôh vida!

— Não se preocupe, Belinha! Pensamos até que não conseguiria sair. Já havia pedido a Branca para mandar um de seus passarinhos espionar.

— Muito obrigada, Chapeuzinho! Esse capuz preto te caiu bem, gosto mais que o vermelho. Quanto tempo, heim?! Acho que faz uns vinte anos que não nos vemos. Até ganhei uns quilinhos e uns fios brancos — Bela dá um riso sem graça.— Vamos tomar uma xícara de chá?

— Chá? Fala sério, Belinha! Isso é para conto de fadas, bora de algo mais forte. Estamos precisando.
— Chapeuzinho está certa, aqui entre nós não precisamos posar de princesas, se tiver quero uma pinga, estou com o bico seco
— Falando em pinga, vocês sabem que não gosto de fofoca, mas um passarinho me contou que você anda bebendo além da conta Cinderela, é verdade? Disseram até que te viram toda mijada caída lá no na porta do Buteco Cospe Grosso de seu Firmino.
— Seu passarinho te deu só a metade da informação, minha amiga Branca. Na verdade fiquei mijada e cagada, depois vomitei até os cabelos, o pior é que não foi uma única vez. Encantado vive dizendo que vai me internar.
— Sério que o Encantado quer fazer isso contigo? Vigarista! Filho de uma cortesã!
— Sim, Bela, ele quer me internar! Me culpa pela desgraça que são nossos cinco filhos. Só dão desgosto.
— Então meninas, por isso chamei vocês aqui.
— Para que Chapeuzinho? Para beber?

— Não, Ciderela! Para tomarmos alguma atitude sobre nossas vidas.

— O que podemos fazer?! Nossa história está escrita, era isso o que todos esperavam de nós, um final feliz

— Como é que é Branca? Está escrita? Esperam? Feliz? Você é feliz? É? Claro que não!

— Não! Mas…

— Mas, mas nada! Você nem gostava daquele príncipe, como é mesmo o nome dele? Flor, Florian, você não gostava do Florian, lembro que você dizia que ia casar com aquele anão, Zangado.

— Sério? Como nunca soube desse babado? Branca de Neve e o Anão Zangado. Estou passada!

— Eu te contei Cinderela, mas você estava meio chapada, deve ser por isso que não lembra. E parem de chamá-lo de Anão, ele tem nome sabiam? Se chama Dorival Celestino.

— Então, você gostava do zangado, Dorival Celestino e..

— Ele não era zangado coisíssima nenhuma.

— Não?

- Não, Chapeuzinho! Dorivalzinho era um doce, na verdade foi ele quem me despertou com o beijo de amor verdadeiro, só ficou zangado depois que fui obrigada a casar com o príncipe Florian, que diga-se de passagem, de príncipe só tem a cara. Deu uma vontade de meter a mão na cara daquele palhaço na farsa do beijo, mas aí...

— Então, meninas! As três se casaram com quem não queriam só porque esse era o final que escreveram para vocês?

— Estou certa?

— Claro que está! Ou alguém aqui acha que meu sonho era casar com aquela fera nogenta? Vocês nem imaginam o que passo.

— Calma Belinha, não chore!

— Nem bela eu sou mais, e aquele imbecil nunca deixou de ser fera, sou uma prisioneira. O pior é que todos pensam que tive um final feliz e...

— É esse o ponto, só nós sabemos o que passamos diariamente, tive sorte de na época ser uma menina, senão hoje estaria casada com aquele caçador barrigudo cheia de filhos que nem Cinderela, ou até com o lobo, vai saber o que se passa na cabeça desse povo. Precisamos fazer algo. Urgente!

— Fazer o que? Divorciar não posso, aquele miserável casou com separação total de bens, para casa da madrasta não posso voltar.

— Eu também não posso, seria uma decepção, papai pensa que vivo um sonho, não imagina o pesadelo que é.

— Meu sonho era ser trapezista, ver o mundo de cabeça para baixo, eu já estava decidida a fugir com o circo quando para minha infelicidade casei com o príncipe, acharam que era o melhor meio de me livrar da minha madrasta e daquelas duas cascavéis em forma de irmãs.

— Eu preferia ficar envenenada para sempre, estava num soninho gostoso, pelo menos sonhava com Dorival.

Uma fumaça negra enche a sala, as portas todas abrem e fecham ao mesmo tempo. Uma gargalhada enche o ambiente.

— Br, bru bruxaaa! O que faz aqui?

— Calma Branca querida! Vim em missão de paz.
— Eu chamei.
— Chapeuzinho, como pôde? Sabe tudo o que passei, não esperava isso de...
— Situações desesperadas pedem medidas extremas. Nossa situação como personagens é desesperadora. Mãos a obra, Bruxa, ou melhor, varinha à obra
— Com todo prazer do mundo. -- Um caldeirão fervente aparece no meio da sala.
— Morte aos culpados! Grita Chapeuzinho puxando seu capuz preto para a cabeça. — Entram carrascos puxando várias pessoas. Encabeçando a fileira estão os irmãos Grimm que logo são lançados ao caldeirão enquanto as moças sorriem.
— Morte! Morte! — grita Cinderela levantando o punho fechado.
— Morte a todos os escritores! — gritam a uma voz.

Golpe do bolinho

13 de Julho 2021.

– E aí, Claudinei! Você aqui no bar?
– Pois é! Vim afogar...
– Diz aí, amigão! Ainda é aquele problema da enchente que alagou sua casa? Quase comprei uma casinha naquele condomínio na Avenida Maricá. Marileuza encheu o saco para fazer um financiamento. Meu primo Ariovaldo que alertou sobre o Rio Imboaçú que passa ao lado. Aonde já se viu a prefeitura autorizar a construção?!
– É a segunda vez que perco tudo. Mas estou com outro problema, o aniversário da Neidinha. Ela vai fazer oito anos sábado. Não ia ter nada, aí a mulher resolveu fazer só um bolo. Agora a

festa está crescendo, a Rosicleyde não para de inventar coisas para comprar, alugar...

– Ih! Já vi tudo! Caiu no golpe.

– Golpe? Que golpe?

– O golpe do bolinho. Sinto muito em informar, mas você caiu no velho golpe do bolinho. Não desconfiou de nada?

– Nada mesmo!

–Todos nós homens já caímos nessa armadilha. Não precisa se envergonhar.

– É?

– É! Lembra de João Beiçola, aquele que morou na casa que foi da Tiana?

– Lembro! Claro que lembro. Foi internado no pinel.

– Então... bateu o pino por causa da mulher. Ela deu o mesmo golpe nele. Fez um "bolinho" para o filho mais novo.

– É mesmo? Dessa eu não sabia.

– O coitado ficou devendo a Deus e o mundo. Parou de pagar o financiamento da casa, do carro, por fim, foram a leilão. Meteu-se com agiota, tomou uma surra, quase foi morto, ficou meio tantã. Da última vez que o vi estava sentado na saída das barcas pedindo esmola. Depois soube da internação em Jurujuba.

– Que desgraça! Coitado!

– Garanto que sua mulher chegou e falou, amor quero fazer só um bolinho para não passar em branco. Quando foi ver, ela só faltou convidar o Silvio Santos, não foi?

– Isso mesmo! Eu estava deitado no sofá. Rosecleyde chegou da rua com um pedaço de cuscuz baiano com quebra-queixo. Adoro! Fiquei todo bobo. Já fazia parte do plano, a malandra queria me adoçar. Daí ela veio com isso aí que você falou, cilada do bolinho.

– Golpe do bolinho.

– Isso! Veio com o golpe do bolinho. Falou, "Claudineizinho, meu bem, Neidinha vai fazer aniversário, quero fazer um bolinho." Falei, não! De jeito nenhum! Acabei de mobiliar a casa por conta da enchente, só paguei o primeiro mês de boleto das Casas Bahia. Ainda faltam vinte e três prestações. Aí ela disse, "não amor, não se preocupe, é só um bolinho para não passar em branco, não vou chamar ninguém. Tadinha da

Neidinha, ela vai ficar tão triste." Daí fez cara de choro.
– Sei como é. Aquela cara que elas fazem... deve ser herança genética, só pode. Deve ter sido a mesma cara que Eva fez para Adão comer a fruta. Deve ter dito, come Adãozinho, é só um pedacinho, aí ele disse, está doida mulher? O Criador disse que vamos morrer. Aí ela deve ter feito aquela cara que a gente sempre cai, e o trouxa caiu. Por isso o mundo está do jeito que está.
– Pois, é! Daí a Rosecleyde pediu meu cartão para pagar o tal bolinho.
– Nãoooo! Você deu?
– Sim! Acreditei.
– Cara, a pior coisa que a gente pode fazer é dar o cartão para o suposto "bolinho". Quando for assim, diga, deixa que vou comprar. Entre no mercado, compre uns dois pacotes de massa pronta, duas latas de leite condensado, leve para casa e diga, aí o material. Pode fazer o bolinho.
–Tinha que ter feito isso mesmo. Mal entreguei o cartão, ela veio com as ideias de tema. Disse que ia fazer bolo das princesas, e...

– Quando a mulher vem com essa historinha de tema, podes crer que é festão. Daí tem painel, aquelas sacolinhas, copos com a cara da criança, docinhos decorados, painel, um monte de lembrancinhas que não servem para nada... Aí quando você vai ver, tem palhaço chegando, equipe de som, fumaça e o caramba.
– Isso mesmo! Ela reservou um Salão em Icaraí.
– Meu Deus! Em Icaraí é uma fortuna.
– Por que acha que vim aqui encher a cara?
– Claudinei, eu nunca te vi beber. Bebe, bebe mais. Nem a ressaca é tão cruel como o golpe do bolinho.

Três anos depois.

– Senhoras e senhores
passageiros, desculpe atrapalhar o silêncio da viagem de vocês. Eu poderia
estar matando, eu poderia estar roubando, mas estou aqui oferecendo esses
deliciosos drops de chocolate. No supermercado vocês vão encontrar por sete reais. Aqui na minha mão um é três e dois são cinco. Segure aqui sem compromisso.

– Célio?!
– Oi meu amigo Claudinei, quanto tempo!
– Está desempregado? Saiu do estaleiro?
– Que nada! Trabalho no estaleiro, quando saio faço esse bico de ambulante e depois engato nas entregas de quentinha que a Marileuza está fazendo. Se quiser alguma liga para mim. Deixa te dar meu número novo...
– Eita! Trabalhando desse jeito vai ficar rico.
– Que nada! Estou endividado até a próxima geração. Ano passado minha esposa resolveu fazer um bolinho para o Cicinho, meu filho do meio.

DUAS LARANJAS E MEIA

— No dia 20 de Agosto de 2019, Tobias acabara de sair de um pesadelo na Ponte Rio Niterói, ficara preso ali por horas. Estava em pé no coletivo logo atrás do ônibus sequestrado da Viação Galo Branco. O criminoso espalhou garrafas de gasolina e ameaçava explodir tudo. Viu quando o sniper matou o sequestrador.

Tobias morava em São Gonçalo, cidade Metropolitana do Rio de Janeiro. O relógio despertava às 05h. Tomava um banho de três minutos, vestia-se, tomava um gole frio de café da garrafa, beijava a esposa ainda dormindo. Saía de casa às 05h15. Pegava o ônibus 515 no

Mutuá, chegava a Niterói às 06h. No terminal rodoviário pegava o ônibus 100 das 06h10. Atravessava a ponte sempre engarrafada. No Centro do Rio caminhava até a Rua Marechal Floriano. Às 08h chegava correndo suado no escritório. Batia o ponto. O Sr Zafir apontava para o relógio na parede. O chefe, gostava que todos os funcionários chegassem mais cedo. Às 12h saía para o almoço, voltava às 13h. 16h tomava um pingado com pão e manteiga na padaria ao lado do escritório, às 16h15 retornava à sua mesa. Por lei deveria sair às 17h, mas o Sr.Zafir sempre pedia que ficasse até mais tarde. Quem não fizesse cerão, já era sabido que quando a barca passasse seriam esses os que iriam para a lista negra. Saía às 19h, batia o ponto e fazia o mesmo percurso de volta. Chegava a casa e algumas vezes já encontrava a esposa dormindo.

Naquele fatídico dia, chegou ao escritório ainda trêmulo e pálido por ter visto a morte tão de perto. O Sr. Zafir apontou para o relógio. Tobias pegou seu computador, andou até o relógio de ponto, elevou o monitor sobre a cabeça e bateu até que o relógio de ponto caiu. Subiu na cadeira, pegou o relógio que ficava na parede e jogou com força no chão espalhando vidro para todos os lados. Abriu a bolsa, descascou duas laranjas e meia, depois saiu chupando calmamente.

— Duas perguntas. Por que você fala de si mesmo em terceira pessoa? Dá a impressão de que está falando de outro indivíduo. E outra, por que duas laranjas e meia?

— A primeira você mesmo já respondeu. Ali naquela situação considero que era outra pessoa. Não a que sou hoje e muito menos a que fui.

— Que situação? De sair quebrando tudo?

— Não! De deixar que o tempo me aprisionasse. Ser um escravo das horas. Curvar-me ao senhorio dos minutos e segundos. Todo ser humano deveria nascer livre, mas não é assim. Na certidão de nascimento vem a hora em que o cidadão nasce, assim como na de óbito sua hora da morte. Vivemos aprisionados no tempo.

— É mesmo. Nunca havia pensado nisso. E as duas laranjas e meia? Estou curioso.

— As duas respostas, tanto a primeira como a segunda, estão entrelaçadas.

— Conta! Temos tempo.

— Isso vem de anos, da época de criança. Essa era a medida usada por meu avô Salomão para sair da tutela do tempo, livrar-se de sua tirania.

— Sério isso? Como assim?

— Meu avô tinha um Sítio em Tanguá, Cultivava as famosas laranjas de Itaboraí, consideradas as mais doces do país. Até o final do ano vai receber o selo IG. Elas deram 16 na escala Brix, que mede o nível de doçura, quando 8 já é considerado muito bom. Queria muito que o velho Salomão ainda estivesse aqui para ver isso.

— Um dia quero ir lá experimentar essa gostosura no pé. Vai, continue sua história.

— Minha mãe ficou viúva cedo, então acabei sendo criado por meu avô. Quando me mandava fazer uma tarefa, ou ir comprar algo. Sentava em sua cadeira de balanço na varanda, colocava as frutas na mesinha ao lado ou as colocava em uma bolsa a tiracolo enquanto fazia seus afazeres e dizia: "Volte a tempo de eu terminar de descascar e chupar duas laranjas e meia." Assim era com as tarefas da escola, do Sítio, arrumação do quarto...

— Ah! Mas e quando fossem tarefas mais demoradas? Não daria tempo.

— Aí é que está. O velho Salomão descascava e chupava bem devagar, às vezes levava uma tarde inteira, dizia que assim subjugaria o tempo. Nunca aceitou ser controlado por ele. Dizia que não nasceu para escravidão.

— E por que não seguiu os passos do seu avô?

— Segui por um bom tempo. No meu aniversário de oito anos me deu de presente uma faca que fora do meu bisavô. Foi com ela que me ensinou a descascar o tempo. — Tobias fica em silêncio olhando para a parede com olhar de quem vê algo além, depois respira fundo e continua. — Mas, quando cresci, casei e minha esposa não queria morar no Sítio. Foi aí que virei escravo do relógio. Arrumei emprego no escritório do Sr. Zafir, e a partir daí você já sabe.

— Mais uma coisa. Você está aqui só por ter quebrado o computador e os relógios?

— Não! Claro que não. Quando peguei a faca e as laranjas na bolsa. O Sr. Zafir, com o rosto transtornado me segurou. A veia saltava em seu pescoço. Foi então que o libertei.

Uhóóó

As sirenes do presídio tocam. As celas abrem. Tobias e o novo amigo caminham para o refeitório. Entreolham-se sorridentes ao ver que é dia de laranja.

No pátio, sentados em silêncio lado a lado, saboreiam vagarosamente suas duas laranjas e meia.

CAIXA MISTERIOSA

11 de Julho 2021

O expediente mal começou e todos os funcionários do setor de licenciamento de obras da prefeitura de São Gonçalo, reúnem-se em torno de uma caixa que apareceu no centro do salão.
— Não vi nada, quando cheguei já estava aí. Hoje o porteiro Clenilson chegou antes de mim. — responde Alcirene, a tia do café, ao ser indagada pelo subsecretário Brandão Fidélis.
— Ah! Também não sei de nada! Abri a porta, fui direto para o vestiário, quando retornei para o setor para dar início as minhas obrigações a caixa misteriosa já estava.
— Putzgrilo! Isso não parece ser nada bom, nem me atrevo a bulir nessa coisa. — diz Jocélia

Damiana, a atendente do protocolo, com seu olhar desconfiado por trás dos óculos fundo de garrafa.

— Abre a caixa, Jocélia Damiana! Quem sabe não é um presentinho do seu admirador secreto.

— Vai plantar batata, Valdemar! Sabe que não gosto desses seus atrevimentos.

Cada funcionário que chega se junta aos demais ao redor da caixa e cada qual tem sua opinião.

— Isso nada mais é do que provas documentais dos subornos, das falcatruas desse governo fascista. Por mim, abriria logo, chamaria a imprensa e jogaria a bosta toda no ventilador. Vamos formar um partido contra essa roubalheira. PFC, Partido dos Fora da Caixa. Quem está limpo, com o nome fora dessa caixa, vem comigo!

— Eu! Eu vou — diz Valdemar ajeitando o colarinho puído.

— Posso me filiar também? Sou um homem honrado, sempre trabalhei honestamente, nunca aceitei nem um único cafezinho mal intencionado.

— Lógico que pode, Clenilson. Seja bem-vindo

ao partido.
— Ah! Aristeu! Você acha que se fossem provas iam enviar justo para cá? Mais da metade apoia esse governo para não perder o cargo. Pensem comigo, ninguém gosta de funcionário público. É mais fácil ser uma bomba ou pior, pode ser césio 137 ou outro radioativo qualquer. Hoje mesmo podemos estar todos mortos. — Cristóvão do almoxarifado alardeia e todos dão um passo atrás com olhos arregalados.
— Ai meu Jesus Cristinho! Perdoa meus pecados, Senhor. Juro que se sair viva daqui eu nunca mais transo com o Ludovico. Ou melhor, prometo que nunca mais faço sexo homem algum. — Celminha cai de joelhos em prantos.
— Ludovico, seu galinha safado, você está saindo com essa biscateira da Celminha? — Elielma grita, tira a aliança, joga no noivo, vira-se para Celminha e diz: — fica com esse traste sua dada, estou feliz por não ter que sentir mais aquele chulé insuportável e nem aturar os roncos de trator desse infeliz, sem falar que trepa mal, sou mais o Jodacir. — grita cuspindo e deixando escorrer uma baba pelo canto da boca. Jodacir,

motorista do subsecretário, baixa a cabeça sob os olhares e risos dos colegas.

— Queridos, vamos acalmar os ânimos, não sabemos nem se estaremos vivos amanhã. Somos todos irmãos. Olhe nos olhos da pessoa a seu lado e diga o quanto ela foi importante para você. — fala dona Augusta, a senhora da limpeza com sua voz mansa e todos acatam comovidos.

— Essa caixa é um juízo de Deus pela sujeira dessa repartição. — com o dedo indicador erguido grita Zuleide, irmã de Alcirene, a tia do café que foi ao trabalho da irmã pegar cem reais emprestados para comprar o gás que havia acabado. — Nessa noite tive um sonho, mas não foi um sonho qualquer. — Zuleide anda e gesticula entre os funcionários — Sonhei que estava almoçando na casa do Waldemar, um vizinho de longa data. Hoje o encontrei aqui na portaria. Na hora pensei que havia sido coincidência, mas foi plano de divino, agora tudo se encaixa. Sonhei que da cabeça da Ketlem, filha do Waldemar, caiu um piolho no prato, o piolho foi crescendo, crescendo até quebrar o telhado, saí correndo de lá e já era noite, estava tudo

escuro.
— Hum! E o que isso tem a ver com a caixa? — pergunta incrédulo, Brandão Fidélis.
— O que tem a ver? Tudo! Está claro como água, não percebe? O piolho foi uma das pragas do Egito. No sonho, o piolho ficou gigante, ou seja, nosso juízo será ainda maior. Quando saí de lá, estava escuro, trevas foi outra das pragas. Quantos lados têm a caixa?
— Quatro.
— Negativo, Jocélia Damiana! São quatro lados laterais, mais o de cima e o de baixo, isso dá seis. Seis de fora com mais seis de dentro, igual a doze. Doze são os meses do ano, doze são as horas. Significa tempo. Doze é o mesmo número de apóstolos. Ou seja, tempo da justiça divina.
— Faz todo o sentido. — Celminha treme e se ajoelha novamente chorando.
— Arrependei-vos, pecadores! — Zuleide grita e ergue os braços. Jocélia Damiana, Ludovico e Alcirene juntam-se a Celminha e ficam de joelhos com os rostos no chão. — Amados, hoje mesmo espero vocês para nossa primeira reunião, será

em minha casa em Bangu. Não faltem ou atrairão o juízo divino.

Em consenso a caixa é trancada a chaves e ninguém ousa tocar mais no assunto. Cada qual tem sua própria convicção do conteúdo misterioso.

Dois meses depois.

A IEJD (Igreja Evangélica do Juízo Divino), que já conta com quase trezentos membros, pede a benção ao Estado, protocola sua ATA em cartório e paga a taxa de R$114,99.

O PFC (Partido dos Fora da Caixa), após cumprimento das burocracias, com uma agremiação que conta com 6.476 eleitores, é registrado no TSE.

O Brasil conta agora com a IEJD e o PFC.Tudo legalizado, bonitinho, conforme rege a lei.

BEBEZÃO DA MAMÃE

30 de Julho 2021

– Armandinho, Armandinhooo! Telefone para você. Desça aqui, filho!

– Passa a ligação aqui para o quarto!

– Você sabe que não sei fazer essas coisas. Vem logo, Armandinho, o moço está esperando.

– Já te ensinei mil vezes. Está mesmo ficando velha. Não demora muito começa a caducar. Dá isso aqui!

–Alô!

– Alô! Como que tu fala assim com tua mãe, cara? Mãe é sagrada, trato a minha rainha, dona Gercicleuza como uma deusa. É melhor tratar sua mãezinha direito, heim! Está me ouvindo, seu, seu, seu Pão Mal Assado.

– Quem está falando?

– Aqui é o Ariclécio.
– Ariclécio? Que Ariclécio? Te conheço?
– Nos vimos uma vez lá no calçadão da praia de Icaraí. Sou aquele rapaz que pegou seu celular e saiu correndo. Lembra?
– Seu safado! Ladrãozinho de merda, se te pego...
– Cadê a educação? Pare de gritar e fale direito com as pessoas, se eu fosse a senhora sua mãe te enchia a bunda de chineladas. Pede desculpa, anda!
– Desculpa? Eu? Você me rouba e eu que tenho que me desculpar. Era só o que me faltava, um bandinho de bosta querendo me ensinar bons modos. Vocês têm tudo que morrer.
– Está vendo como são as coisas? Ligo para fazer um favor e sou tratado com essa falta de cordialidade.
– Favor você faria se fosse para a vala. Bandido bom é bandido morto, seria menos um bostinha infestando nossas ruas.
– Tá bom! Liguei para te passar uma mensagem que recebi aqui no seu WhatsApp, mas como não sabe tratar as pessoas vou desligar. Tchau.

– Pera, pera! Não desligue! Fala aí, qual a mensagem?

– Fala aí, não! Por favor.

– Tá, por favor!

– E o meu nome?

– O que?

– Você não falou meu nome. Têm que falar. Não recebeu educação não?

– Qual é mesmo seu nome?

– Ariclécio.

– Por obséquio, Sr.Ariclécio! Poderia fazer a gentileza de dizer qual a mensagem recebeu em meu WhatsApp?

– Agora, a desculpa.

– Que desculpa?

– Por seus xingamentos, vai pede desculpa.

– Coisa nenhuma! Onde já se viu eu é que fui roubado.

– Então tchau!

– Pera, desculpa!

– Agora, a sua mãe. Tem que pedir a ela também.

– Ah! Só pode ser piada.

– Anda cara! Pede.

– Manhêee! Vem cá!

– Vem cá? Fala direito com sua mãe.

– Mãeeee, por favor, venha aqui!

– Fala Armandinho! Já vou trazer seu almoço, está quase pronto. Mamãe fez aquela carne com batatinha que você gosta. Calça o chinelo filho, você vai se resfriar.

– Mãe! Desculpa o jeito que falei com a senhora hoje.

– Diz que foi grosseiro e dá um beijo nela.

– Fui grosseiro, mãe! Desculpe!

– A última vez que você me beijou não tinha nem doze anos, ainda fazia xixi na cama. Meu filhinho...

– Tá, tá! Para com essa choradeira e vai para cozinha, depois a gente conversa.

– Alô!

– Alô! Quer dizer que fez xixi na cama até grande?

– Para de rir, seu abusado. Agora fala logo qual a mensagem que recebeu em meu WhatsApp?

– Tá, falo! A mensagem é da sua namorada.

– Fala logo! O que a Doralice disse?

– Cara, não é coisa boa, não.

– Desembucha!

– Ela está terminando contigo, meu irmão. Senti-me na obrigação de avisar.
– Não! Não!Não pode ser. Eu amo muito aquela mulher.
– Ah! Mas se fosse ela também terminaria contigo.
– Hum? E posso saber por quê?
– Cara! Você pede para ela te chamar de Bebezão. Que homem que gosta de ser chamado de Princeso? Você tem quantos anos? 45, 46?
– Tenho 49, mas eu não peço isso.
– Como não? Está aqui no dia 26. Ela disse: Amô, tô com saudade. Você disse: Bilubiluzinha, chama seu Bebezão de Princeso. Princeso? Bebezão? Mulher gosta é de homem e não dessas frufruzices. E ainda por cima chamou a garota de Bilubiluzinha? Que frescurite, Armandinho!
– Seu, seu...
– Calma Princeso!
– Seu bosta.
– Está vendo? Não para de gritar, fica nervoso sem motivo. Liguei para ver se te ajudava, contar da mensagem, te dar uns toques, mas me trata assim. Não somos amigos?

– Não! Claro que não!
– Não? Ah, então não corro risco de ser fura olho.
– Hã?
– Sabe como é. Por educação respondi a mensagem no seu celular.
– Respondeu no meu whatsApp?
–É! Daí, papo vai, papo vem, pintou um clima.
– Como assim, um clima?
– Aquela coisa gostosa, frio na barriga, arrepio nos cabelinhos. Daí, Doralicinha me convidou para pegar um cinema. Eu disse que não pegava bem porque eu tinha uma ligação com o finado, no caso você.
– Ligação? Que ligação você tem comigo? Endoidou, foi?
– Sei lá, li tantas conversas suas, me senti íntimo, parece que já te conheço há tempos, mas como acabou de dizer que não somos amigos... Dá licença! Preciso comprar umas entradas para o cinema. Tchau!
Tu tu tu...
– Armandinho, aqui sua comidinha, meu Bebezão.
– Ai, manhêêê!

GUERRA SANTA EM FAMÍLIA

A família Pinto dos Santos ficou dividida desde que seu patriarca, Zenóbio abandonou a religião de seus ancestrais e converteu-se à IMSG (Igreja Ministério Salvos da Galáxia), uma congregação barulhenta que há perto de sua casa no bairro Jardim Catarina em São Gonçalo. O lado dos Santos permaneceu na crença antiga, já os Pinto seguiram com ele para a nova religião.

As festas em família costumavam ser movimentadas e divertidas, agora são silenciosas e chatas. De um lado sentam os Santos e do outro os Pinto. Raramente falam-se, só se ouve cochichos de ambos os lados.

– Já viu a Marilda? Meteu aquele saião e aquele coque de velha e agora está se achando "A Santa". Acredita que estava falando mal da Tiquinha? Disse que a sobrinha parece formiga carregadeira só porque a menina gosta de namorar – Comenta Jupira com a tia Rosinalva.

– Não é? Também reparei isso. Aquilo lá nunca prestou. No ginásio era chamada de corrimão de quartel, agora quer falar dos outros. Não duvido nada que esteja escondendo um homem embaixo daquele saião. – as duas caem na risada.

No lado dos Santos a coisa é parecida, os mexericos rolam soltos.

– Mulher, precisamos orar pela Claudete.

– O que foi que aconteceu, Augustina? – Adália pergunta com curiosidade quase se entalando com uma empadinha.

– Você sabe que não gosto de fofoca, só estou te contando que é para você orar para Deus agir. Eu soube que está se separando do marido, pegou ele com a Cleuzininha atrás da banca de doces.

– Mentira! Cleuzininha, filha do seu Robervaldo da paçoca?

– A própria.

– Meu senhor! Quem diria? Com aquela carinha de santa.

– Pois, é! De santa não tem nada, mas sabe que aquelazinha e as irmãs nunca me enganaram? Aquela casa é um covil de Satanás.

– Então quer dizer que a Claudete vai separar...

– Vai não, já está. Walmiro já até saiu de casa. Ela rasgou as roupas do coitado e jogou tudo pela janela. Deu até polícia.

– Que bafão, heim! Mas você fez muito bem em me contar. Vou colocar o nome dos dois lá no círculo de oração, fazer um jejum e orar para o senhor restituir. Jejum não! Só orar, jejum me dá uma fome, uma gastura no estômago...

E assim seguem as festas regadas a coxinha, guaraná e fofoca.

O velho Zenóbio decidiu batizar-se na nova religião. Os Pinto deram contra, os Santos foram a favor.

– Primeiro que ele já é batizado. Batismo é um só e é irrevogável. Segundo que está frio demais, imaginem como vai estar a água da Cachoeira de Macacu?

– Concordo com tio Claudino, o vovô não deve batizar, já é batizado e, velho do jeito que é, arrisca pegar uma gripe, uma pneumonia... Sei lá, é minha opinião.

– Tiquinha, você não sabe nada das coisas celestiais, você anda nas trevas. Se converta, menina! Com esse batismo, o seu avô vai pisar na cabeça do inimigo, ganhar uma mansão no céu e as hostes espirituais não terão mais poder sobre ele, além de...

– Chega! Já ouvi baboseiras demais, decidam aí e depois me avisem. – Pirisvaldo corta o discurso de Marilda, vira as costas e sai.

Naquela mesma semana fretaram um ônibus para ir à cerimônia e o velho Zenóbio foi batizado nas águas da cachoeira de Macacu. Saiu roxo e tremendo como pinto pelado na chuva fina. Dias depois, no Pronto Socorro de São Gonçalo, é diagnosticado com uma terrível pneumonia e, em agosto, menos de um mês após o batismo o velho Zenóbio veste o pijama de madeira, parte para a terra dos pés juntos. Membros da família vestem o defunto no IML com um terno listrado e gravata verde, seu traje preferido.

– Olha aí! Bem que avisei, eu disse. Tinha certeza que isso ia acontecer, parecia que tinha uma coisa me avisando.

– Pressentimento, isso se chama pressentimento, Claudete. Também tive isso. Quando mergulharam vovô naquela água gelada, senti um arrepio, um troço na boca do estômago. Tinha alguma coisa me avisando, soube na hora que ia desencarnar.

– Pois é, Jupira! Parece até castigo. Foram abandonar as raízes para ir atrás da, da, daquilo lá, até esqueci o nome, aí deu nisso. Tadinho do vô!

– Aquilo lá, não! Igreja Ministério Salvos da Galáxia, uma igreja para salvar pecadores como vocês. E fiquem sabendo que o vô se foi porque o Senhor chamou. Temos é que dar glórias por ter morrido salvo, se fosse antes ia queimar no fogo eterno.

– Quanta baboseira, Augustina!

– Você, Claudete, não se conserta não para tu ver. Sua vida está uma chuva de desgraça, tu anda atribulada demais, o marido foi embora, perdeu o emprego, cortaram tua luz, ainda está com mioma e esses furúnculos no sovaco, toda bichada. Sabe o que é isso? Sabe por que está acontecendo toda essa desgraceira? Eu, como varoa santa te digo, foi porque não abandonou a macumbaria. Isso ainda vai piorar, ouça o que estou dizendo.

– Agourenta, seca pimenteira! Acha que vou largar minhas raízes para seguir essa religião de branco? Olha tua cor.

– Hum, sou moreninha.

– Moreninha, moreninha... Até nossa raça está querendo renegar? Tu é preta!

A tensão e as acusações entre os Pinto e os Santos continuam e culminam em uma briga entre Claudete e Augustina, com direito a cusparadas e puxões de cabelo. Em dado momento, Claudete empurra Augustina que cai sobre um defunto recém-chegado que ainda está sobre a maca. No chão, o robusto corpo de Augustina sobre o magro defunto é chocante, chama a atenção de repórteres e vira manchete com foto da família na primeira página do Jornal O São Gonçalo:

BRIGA NO IML DERRUBA E ESMAGA DEFUNTO.

O velho Zenóbio é levado para a capela do cemitério São Miguel.

– ...e quando fechar o caixão eu vou jogar pemba ralada, sim senhor, ou não me chamo Cremilde Perpétua. Ah! E já vou avisando que o curimbeiro vai puxar um canto.

– Misericórdia! Olha aqui, Cremilde, já disse para sumir daqui com esses macumbeiros. O pastor Jeremias Ferreira vai fazer o culto. E tire esses incensos daqui também. Cheiro horroroso! Isso atrai coisa ruim.

– Aricleia, Aricleia, não teste minha paciência, vou esquecer que a finada sua mãe era minha tia e ainda te parto a cara. – Cremilde olha para Zenóbio ali deitado e diz: – Que os espíritos te garantam um bom lugar nas esferas celestiais.

– Tá repreendido! O sangue tem poder!

– Chega Aricleia! Vou começar.

– Não vai mesmo! Vovô não queria isso, ele largou essas coisas. Mesmo poucos dias antes de ser chamado para glória, ele disse para eu não deixar esses troços do diabo no velório dele.

– Deixa de ser cascateira! Tire essa sua bunda grande da minha frente.

Cremilde se aproxima pelo lado direito do caixão. Imediatamente é acompanhada dos membros da família Pinto e alguns amigos de terreiro.

Aricleia se posiciona do lado esquerdo, olha para os membros da família Santos e faz sinal. Logo, os Santos e alguns membros da Igreja Ministério Salvos da Galáxia se agrupam formando assim um duelo.

Os Santos oram, os Pinto rezam.

–... nós vos pedimos por aqueles a quem chamastes deste mundo. – rezam os Pinto.

– Oh, Senhor da glória, liberta esse povo que não te conhece. – oram os Santos.

–... que se submeteu para que pudesse evoluir e aperfeiçoar ainda mais a sua consciência...

–... cobre-nos com teu manto santo, livra esses ímpios de toda idolatria. Manda fogo, Senhor! – Os Santos oram ainda mais alto.

Após as rezas começam as músicas. Os dois lados cantam e batucam cada vez mais alto. E, assim, o duelo continua por horas, cada vez mais aguerrido. Em meio ao embate, o velho Zenóbio se senta no caixão, cospe o algodão, tira os tampões do ouvido e do nariz. Gritaria e correria. Jupira e Rosinalva se atropelam e caem, ficando à mostra as enormes calçolas beges.

Os membros da família retornam aos poucos e constatam que o velho realmente está vivo.

– Milagre! Glórias! Oh, mistério! Foi o poder da nossa oração.

– Oração? Você chama aquela gritaria de oração? Vou te falar uma coisa, Marilda. Parecia mais que estavam tendo ataque epilético coletivo.

– Vai, vai brincando, Cremilde. O lá de cima é amor, mas também é fogo consumidor. Ele vai pesar a mão e tu vai ficar entrevada em cima de uma cama igual a Xica de Dirceu, que foi falar mal do filho do pastor e morreu de nó nas tripas.

– Marilda, sua beata língua de trapo, ele voltou do mundo dos mortos por causa nosso canto.

Marilda arranca o aplique de cabelos de Cremilde e joga no chão. Cremilde pega o pote de pó de pemba ralada branca e taca na cara da prima. Os demais membros das famílias Pinto e Santos envolvem-se no quebra-quebra.

O velho Zenóbio, ainda com flores por cima, sentado no caixão com olhos arregalados, coloca

a mão no peito segurando uma cruz de madeira
e cai duro de boca aberta.

RECEITA CONTROLADA

12 de Agosto de 2021

– Divino, meu velho, marquei médico para você lá no Hospital das Clínicas de São Gonçalo.
– Ué! Médico para que, Berenice? Há anos que não pego nem gripe. E se pegar, prefiro fazer um xarope caseiro, um chazinho de capim limão...
– Você e essas suas manias de chá. Já estamos velhos, temos que fazer uns exames para ver se não temos nada. Lembra da Rosilda? Ela teve aqui ontem e me contou que o pai do cunhado do tio da prima de Florência era um coroa forte e todo pintoso. Um dia deu uma topada, dias depois a unha caiu, o dedo ficou inchado e aí começou a sair um pus verde. Daí foi ao médico e descobriu uma doença ruim. Não levou nem

um mês bateu as botas.
– Sabe que detesto médico, mas te conheço bem. Você vence qualquer um no cansaço. Quando é a consulta?
– Quinta, às 9h.
– Quinta-feira? Esqueceu que tenho ginástica na associação?
– Terça e quinta, ginástica. Quarta e sexta caminhada dos velhos. Segunda tem o xadrez e sábado, hidroginástica no clube Mauá. Quando é que você tem tempo, Divino?
– Quando morrer.
– Divino! Divino!
– Estou brincando. Pode deixar, vou só para te deixar tranquila.

Após os exames:

– Sr. Divino,está tudo em ordem com o senhor. Só mesmo coisas da idade. O Senhor é um homem forte, mas vou receitar uns remédios para melhorar ainda mais. Esse aqui é para manter a pressão estável, esse para reduzir o colesterol, esse é para evitar a diabetes, esse aqui é um polivitamínico para aumentar suas defesas e esse outro é para proteger o estômago por causa dos medicamentos. Toma tudo nos horários, mês que vem o senhor volta.

– Pode deixar, Dr! Mesmo se eu não quisesse tomar, minha mulher me obrigaria.

Após a consulta, Divino passa na farmácia, compra os remédios e vai para casa.

– Meu Deus, Berenice! Esses remédios me custaram o olho da cara. O pagamento não vai dar para pagar tudo. A consulta foi cento e oitenta reais, mais duzentos e noventa de remédios.
– É! Vai ter que parar com o clube.
– Parar de frequentar o clube? Ah não! Vamos cortar outra coisa.
– Outra coisa? Que outra coisa, Divino? Cortar a luz? O gás? Quer cortar o que, nossa comida?
– Tá, tá! Tá bom, Berenice! Eu corto o clube. Está satisfeita?
– Calma Divino! Você está muito estressado, vai

acabar ficando com problema de nervoso igual seu pai que acabou internado no Pinel.
– É bem capaz mesmo, estou até sentindo uma quentura na cabeça.

Para obedecer aos horários dos medicamentos, Divino para de ir às caminhadas matinais e a ginástica. Passa os dias em frente a TV. O sedentarismo rapidamente enferruja suas articulações. Um mês depois vai à nova consulta.

– Bom dia, Sr. Divino! Como tem passado?
– Ah Doutor! Não ando bem. Sinto dores nas costas, pernas, braços, parece até que fui atropelado por um trator. Tenho sentido dores de cabeça terríveis e também não consigo dormir direito.
– Fique tranquilo. Vou receitar um calmante, um relaxante muscular e um analgésico. E não deixe de tomar os outros que passei.

No mês seguinte, Divino leva para casa mais uma receita. É prescrito um calmante mais forte porque ainda não conseguia dormir. Devido a gripe que pegou, é receitado um antibiótico, um remédio para o dia, outro para noite e um xarope. Além dos de uso contínuo receitado na primeira consulta.

Para piorar a situação com a sobra de tempo resolve ler os efeitos colaterais nas bulas.

– Olha esse aqui, Berenice! Fraqueza muscular ou fadiga, depressão, tontura, sonolência, alterações na fala como uma fala arrastada, problemas com a memória, problemas de equilíbrio e coordenação motora, demência...
– Para de ler isso! Você vai ficar neurótico.
– Prefere que eu fique na ignorância? É por causa desses remédios que eu estou assim, pareço um retardado, demoro a raciocinar. Aqui diz que posso ficar demente...
– Não vai colocar a culpa no remédio, tenho desconfiança que você sempre foi.

Dois meses depois Divino parte dessa para melhor. Na capela do cemitério São Miguel, Berenice fala cheia de orgulho para cada um que chega:

– Cuidei bem do meu marido. Divino não gostava de médico, tanto insisti que ele foi. Estava tomando trinta e seis medicamentos, nove deles controlado. Só por isso teve esses seis meses a mais de vida.

A TRAIÇÃO DE MARICLEUZA

03 de Setembro de 2021.

– Oi! Fala amor.

– Nunca esperei isso de você, Maricleuza.

– O que?

– Decepção é a palavra. Estou me sentindo apunhalado, nunca pensei...

– Fala logo o que foi Amarildo! Preciso desligar o telefone. Minha patroa já está olhando de cara feia.

– Diz para ela que é assunto de vida ou morte, não dá para falar outra hora, tem coisas...

– Morte? Que morte? Quem morreu Amarildo? Diz logo! Já estou toda me tremendo.

– Morte da minha confiança em você, morte de nossa cumplicidade, morte talvez até do nosso casamento de vinte e três anos

– O que foi que fiz? Foi intriga da dona Mirinha, só pode. Fui para cama com ninguém, amor. Aquela velha alcoviteira...

– Ir para cama? Antes fosse, antes fosse. E minha mamãe não tem nada a ver com isso. Sabe Maricleuza, preferia chegar e encontrar um homem em nossa cama do que isso. Pensei até em fazer as malas e ir embora sem falar nada.

– Que? Ouvi direito? Ir embora?

– Isso mesmo! Quando acaba a confiança, não resta mais nada. Você mesma sempre disse isso.

– Sim, eu digo isso, mas, mas...

– Cheguei do trabalho, liguei na nossa série para assistir uma parte que dormi, para quando você chegasse a gente continuar *maratonando*. Passei antes no mercado e até comprei aqueles biscoitinhos de queijo com pimenta que você gosta. Daí quando liguei na série, você tinha assistido cinco episódios sem mim.

– Mas, Amarildo...

– Cinco episódios, cinco. Sabe como me sinto? Enganado, decepcionado, sinto que toda nossa vida foi uma mentira, uma farsa. Você nunca me amou de verdade, não é mesmo Maricleuza?

– Claro que amo. Só assisti alguns episódios ontem de madrugada, não consegui parar. Isso não tem nada a ver com o que sinto por você, eu...

– Não? Como não? Filme está tudo bem, mas série está subentendido nos contratos matrimoniais que um não pode ver sem o outro.

– Contrato? Que contrato? Você está doido?

– Acho que na hora da cerimônia, naquela hora lá em que o sacerdote manda a gente repetir aquelas coisas, ele deveria dizer, prometo ser fiel, na alegria e na tristeza, na saúde e na doença, na riqueza e na pobreza e a não assistir série sozinho por todos os dias da nossa vida até que a morte nos separe.

– Pois então, a gente não prometeu isso.

– Não publicamente, mas isso vem embutido implicitamente, é uma regra, pode perguntar a qualquer casal que gosta de séries. Você sabe disso, não se faça de besta. Alguma vez assisti sozinho? Diz, assisti?

– Não, mas...

– Mas, coisa nenhuma. Acha que nunca tive vontade? Pensa que nunca me senti atraído? Quantas vezes eu estava de folga, sozinho em casa longe da minha mulher e ela estava lá na minha frente me chamando. Muitas vezes cheguei a pensar, vou assistir só um episódio, depois volto e ela nem vai saber. Mas eu fiz? Não!

– Amarildo?

– Pera! Deixe terminar, ou sufoco. Está aqui entalado. Deixa falar. Confesso que já me senti atraído, mas assisti? Não! Só de pensar, me senti um cafajeste, um traidor safado.

– E o que pensa fazer? Vai mesmo embora? Vai jogar nossos vinte e um anos de casamento no ralo? É isso?

– Pensei muito, mas não! Conversei com alguns amigos e...

– Você andou falando das nossas intimidades com aqueles pinguços dos seus amigos? É isso mesmo?

– Calma! Deveria agradecer a eles.

– Hum!

– É! Deveria agradecer, foram eles que me fizeram mudar de ideia, acalmar o juízo. Só o

Dirceu que achou que deveria te mandar embora, os outros aconselharam a dar mais uma chance, disseram que vinte e um anos são vinte e um anos. Acredita que o Josemar e o Agenor confessaram que passaram por isso também? Nem acreditei.

– E?

– E então, eles superaram, pelo menos aparentemente parece que está tudo certo, mas vai saber né? Aí resolvi tentar o mesmo que fizeram.

– E o que foi que fizeram?

– Já ouviu falar em relação aberta? Pois então, a partir de hoje cada um assiste a série que quiser. Estou aqui deitado de cueca vermelha comendo biscoitinho de queijo e fazendo sabe o que? Assistindo a Game Of Thrones.

– Nãooo Amarildo!

O SEGREDO DE SILVÉRIO

Naquele 18 de setembro de 2021, era impossível prever que seu maior segredo seria descoberto e que por muito tempo seu nome seria citado nas rodas de conversa em Boaçú, São Gonçalo.

Silvério morava com Amélia, sua tia avó. Acabara de completar seus 48 anos. Orgulhava-se de nunca ter tido uma única multa de trânsito ou seu nome ter ido para o SPC. Pagava todas as contas em dia e enchia o peito para dizer: "Sou homem de bem."

Impreterivelmente, às 21h começava seu ritual para dormir. Tomava seu banho quente com sabonete líquido de aveia. Iniciava a esfregação sempre pelo pé direito. Com bucha natural fazia movimentos circulares no sentido horário, viu isso em um filme quando pequeno e repetiu desde então. Ainda no banheiro passava talco no pescoço e pomada para assadura na virilha. Não que tivesse assadura, mas gostava de se prevenir. Vestia seu pijama de flanela listrado e calçava suas pantufas que ficavam paralelamente posicionadas na porta do banheiro.

Ajoelhava no oratório fazia suas rezas. Três para São Valentim, padroeiro dos namorados.
Há uns vinte anos era devoto do santo, já não aguentava mais sua solteirice, queria uma namorada, não importava que fosse feia, só queria alguém que pudesse beijar. Já estava ficando meio aporrinhado com o santo, mas tinha medo de ser punido e nunca na vida conseguir beijar uma mulher caso decidisse por fim a sua devoção. E três orações para São Juvencio, protetor dos presidiários. Não que ele já tivesse sido preso, mas era sempre bom prevenir.

Afofava o travesseiro, deitava-se, e contava baixinho as estrelas do teto que acendiam no escuro. Só assim conseguia dormir.

De seu quarto podia ouvir o ronco da tia avó Amélia, que dormia no quarto ao lado. Foi ela quem o acolheu aos seis anos quando sua mãe foi morta à facadas pelo namorado. Mal se falavam. Era chamado por sua tia de semente da fruta podre, referindo-se à sobrinha.

A velha não perdia a oportunidade de dizer sua frase favorita: "Nunca vai beijar uma mulher". Silvério não havia perdido as contas das vezes que ouviu as cruéis palavras, tinha todas anotadas com data e hora em um velho caderno. Aquele ronco a cada dia se tornava mais insuportável. Desejava que a infeliz sufocasse com a baba. Mas contudo aquela era a única mulher que fazia parte de sua vida.

Naquele fatídico dia, costumeiramente acordou às 6h, tomou seu banho morno, bebeu seu chá de espinheira-santa com biscoito cream cracker devido a seu estômago fraco, vestiu seu terno engomado com calça de vinco e foi trabalhar.

Trabalhava há 29 anos no setor de protocolo da Prefeitura, sem uma única falta. Exceto quando operou a hemorroida, mesmo assim compensou os dois dias de atestado saindo mais tarde por duas semanas.

Cheirava a loção Alma de Flores e jamais foi visto sem brilhantina nos cabelos que estavam sempre repartidos para a direita e era chamado de boi lambeu às escondidas por colegas da repartição.

Nesse dia, após o expediente Silvério entrou na farmácia e pediu uma pinça quase sussurrando. Isso mesmo, uma pinça. A atendente, uma mulher de uns cinquenta e poucos anos, corpo magro espichado, cabelos minguados enrolados em um nó no alto da cabeça, com a cara oleosa e uma espinha amarela acima do lábio fino. Não ouviu direito e pediu para que ele repetisse. Parou de olhar a enorme espinha, apoiou-se sobre o balcão como quem quisesse contar um segredo e pediu uma pinça.

A atendente agachou-se para pegar, Silvério pode ver seus seios magros dentro de um velho sutiã bege sujo embaixo do braço. Excitou-se com a cena.

A mulher colocou a pinça em um saquinho. Silvério entregou-lhe rapidamente uma nota de dez reais, nem esperou o troco, olhou para os lados para conferir se não era visto por algum conhecido e enfiou o saquinho no bolso. Atravessou a rua sem olhar para os lados, quase foi atropelado por uma bicicleta daquelas antigas que entregavam compras. O rapaz desviou-se e de longe fez xingamentos à sua falecida mãe.

Chegou suado na Igreja Pentecostal do Juízo Divino, congregação a qual frequentava desde seus 28 anos, apesar de manter escondido dos irmãos os seus santos de devoção. Era porteiro na pequena congregação onde a maioria dos membros já haviam assoprado mais de sessenta velas no bolo. Naquele maldito dia o culto parecia não ter fim. Silvério não parava de olhar para o relógio que havia em cima do púlpito, contava até as vezes que o pastor bebia água enquanto fazia o chato sermão sobre a história de Caim que matou seu irmão Abel.

Pensou em sua tia Amélia, a essa hora estava assistindo a novela das oito com os pés sobre o sofá. Após a benção apostólica saiu furtivamente sem cumprimentar ninguém. Precisava chegar logo em casa. Estava agoniado. Por diversas vezes colocou a mão no bolso para conferir a pinça.

Enfim chegou. Do portão podia ouvir o ronco da velha sentada no sofá da sala com a TV nas maiores alturas assistindo o programa Roda Roda do Baú. Pensou em Caim banhado de sangue, com um sorriso no rosto.

Foi para o banheiro, tomou um banho demorado como quem quisesse se livrar antecipadamente de um pecado que ainda iria cometer. Saiu do banheiro com a toalha enrolada no peito andando nas pontas dos pés para que nada atrapalhasse seus planos.

Entrou no quarto. Ficou tenso quando lembrou que a pinça havia ficado no bolso da calça pendurada no banheiro, voltou pé ante pé suando frio como quem tivesse medo de ser descoberto. Entrou novamente no quarto com o objeto. Tomou o cuidado de fechar as cortinas para não ter testemunhas.

Nesse dia ele não rezou para os santos. Cobriu o oratório com a toalha ainda molhada.

Amélia acordou. Há muito que vinha achando o sobrinho esquisito. Abriu a porta do quarto em um supetão e lá estava ele sentado na cama, com a pinça na mão, pés sobre a cama, joelhos dobrados, pernas abertas com as partes onde o sol não bate à mostra, catando pentelhos e comendo, enquanto acariciava e beijava uma foto da tia avó Amélia só de calçola de algodão e sutiã bege.

www.ingramcontent.com/pod-product-compliance
Lightning Source LLC
LaVergne TN
LVHW091056150826
845673LV00002B/600

* 9 7 9 8 4 7 9 2 3 7 7 4 4 *